Im Grenzbereich, in dem Traum und Wirklichkeit innig miteinander verschmelzen, wird das Tier, das wir zu kennen glauben, zu einem magischen Wesen, und wir können mit Geistwesen in Kontakt treten. Hierüber erzählt dieses Buch der bekannten Münchner Schriftsteller in Geschichten und Gedichten.

Katja Kortin und Conrad Cortin

Magische Tiere und Geisterseher

Magie-Verlag

Katja Kortin / Conrad Cortin
„Magische Tiere und Geisterseher"

Illustriert von den Autoren
Das Aquarell auf Seite 5 stammt von Britta Ahrens

Copyright 2004 by Magie-Verlag Puchhein
Herstellung: Books on Demand GmbH, Norderstedt
Alle Rechte vorbehalten
ISBN: 3-936583-04-8

Magische Tiere

Der Mensch

Stufe für Stufe
den Gipfel erklommen
stürzt die Katarakte hinab
auf dem Weg ins Meer
woher er gekommen

Der Fisch

ein Fisch bin ich
ein Meerestier
ich spüre eine Kraft in mir
sie treibt mich durch die
grüne Gischt
als gäbe es ein Ziel für mich
als zöge es mich hin
zu einem fernen Kontinent
jenseits der Flut
von einem Gestern
einem Morgen
weiß ich nichts
weiß nichts von einem
andern Tag
es gibt nur dies
die klare Sicht
es sprüht die Gischt
es braust die Flut
was aber regt sich da in mir
als ob ich Atem holen soll
in einem andern Element
ich tauche auf
und sitze in der Runde hier
ein Fisch war ich
ein Meerestier

Wie man sie sich zieht, so hat man sie: Kätzchen,
kleine Hunde, - Männer.

Der Heiler

Er schweigt, verordnet keine Rezepte.
Er schaut dich mit rätselhaften Augen an,
und du weißt, was dir fehlt
und was du tun musst.
Gelegentlich lässt er sich
von seiner Katze vertreten.
Die Katze hockt vor dir am Schreibtisch.
Sie schweigt,
schaut dich mit rätselhaften Augen an,
und du weißt, was du tun musst.

Leda

Zum Opfer und zur Weihe
erschuf dich die Natur.
Wehr dich nicht länger gegen den,
der von den Wolken glitt,
auf deinen Hüften hockt er schon,
stößt wilde Laute aus,
überlasse dich ihm
mit einem tiefen Seufzer.

Ananke

Einsamer
wohin willst du dich verkriechen
da selbst ein Mauseloch dir viel zu weit
schon zu viel Welt ist
die Schicksalsgöttin sitzt davor
als Katze

Krafttier

Zwar besitzen wir keine Katze, aber wir mögen Katzen, ob große oder kleine, und sie mögen uns. Jeden Morgen besucht uns ein schwarzer Panther. Manchmal ist er schon da, wenn wir die Augen aufmachen; Wandas Kopf liegt dann meistens auf seinem Bauch und sie hält ihn nach dem Aufwachen im ersten Moment für ein Kissen.

Er kann es leiden, wenn sie ihn krault, er mag es aber nicht, wenn man ihn gegen den Strich streichelt, wozu es mich hin und wieder reizt. Dann blickt er mich strafend an. Trotzdem würde er mir nie weh tun, nie die Pfote gegen mich erheben.

Bevor es richtig hell wird, schleicht er sich von dannen. Er möchte niemand erschrecken. Einmal war es schon taghell, als er uns verließ. Ich begleitete ihn vor die Tür und schaute mich um, ob niemand auf der Treppe ist. Bevor er den Ausgang erreicht hatte, ging im Parterre eine Wohnungstür auf und ein kleiner Junge stürmte heraus, in der offenen Tür stand seine Mutter.

Der Junge stieß einen Entsetzensschrei aus, als er den schwarzen Panther sah. Es gelang mir nur mit Müh und Not ihn und die Mutter zu beruhigen: Der tut nichts, der frisst keine kleinen Kinder.

Tiger

Statt Fingernägel hat der Bursche Krallen. Tiger-
krallen. Er behauptet, er sei mehr Tiger als Mensch.
Das ist ihm zu glauben. Nicht nur die Krallen, auch
seine Augen sprechen dafür: Tigeraugen. Und er
liebt es nach Katzenart mit seinen Pranken nach einem auszuholen. Und dies mit ausgefahrenen Nä-
geln. Da springt man besser rechtzeitig zur Seite.
Meist belässt er es jedoch bei Drohgebärden. Wenn
ihm was gegen den Strich geht, faucht er. Ich konnte
bis jetzt nicht unterscheiden, ob er das Tigerfell bloß
anhat oder ob es seine eigene Haut ist.

Stiergeboren

Einen Fehler hat der Max, den will ich Ihnen nicht
verhehlen, abgesehen von dieser seiner Eigenheit ist
er ein gutmütiger und sehr gefälliger Mensch, und
Frauen gegenüber ein Kavalier. Hüten Sie sich jedoch davor, in seiner Gegenwart eine rote Bluse zu
tragen. Denn dann fällt der Max in eine Art von
Hypnose. Ein böser Geist scheint in ihn zu fahren,
sein Gesicht wird zur Fratze. Er wird Sie beleidigen.
Halten Sie still, rühren Sie keinen Finger. Er würde
Sie sonst nicht nur mit Worten verletzen. Warten Sie
geduldig ab, nehmen Sie seine Zudringlichkeiten
nicht ernst. Plötzlich wird sein Gesicht sich aufhellen
und er wird sich wieder als Kavalier benehmen, als
sei nichts geschehen.

Der Kater

Unser langjähriger Freund Max, Katzenliebhaber und Diplomat, überließ uns seinen Kater Felix. Das Auswärtige Amt schickte Max für fünf Monate nach China.

Der Kater schätze, ließ Max vor seiner Abreise wissen, durchaus die chinesische Küche. Trotzdem verreise er dieses Mal vorsichtshalber ohne den Kater, und zwar wegen gewisser eigenartiger Vorlieben chinesischer Gourmets. Und da wir mit Katzen langjährige Erfahrung hätten, würde er uns Felix zu treuen Händen anvertrauen, obwohl dies gegen die Vorschrift sei; denn Diplomatenkatzen dürften genau genommen nur von Diplomaten gehalten werden. Nach seiner Rückkehr würde er Felix umgehend wieder zu sich nehmen.

Bei der Übergabe des Katers um vier Uhr morgens nannte er uns die Telefonnummer seines Berliner Büros. Wir sollten uns, falls wir Probleme mit Felix hätten, an seine Sekretärin wenden, die über alle Eigenheiten des Katers Bescheid wisse. Noch nicht recht wach kritzelte ich die Telefonnummer auf den Rand einer alten Zeitung.

Der Kater fühlte sich gleich bei uns heimisch, er schnurrte aus Leibeskräften. Sicher lag es daran, dass er als Diplomatenkatze fremde Umgebung gewohnt war. Einen derart stattlichen Kater hatten wir bis jetzt noch nie gehabt, sein weißes Fell leuchtete und glänzte wie frisch gefallener Schnee. Und er machte zudem einen ungewöhnlich intelligenten Eindruck auf uns. Wenn wir uns unterhielten, spitzte er die Ohren und miaute dazu seine Meinung, die wir leider nicht so ganz verstehen konnten. Sonst hätten

wir ihn zum Beispiel gefragt, was er am liebsten
frisst.

Aber wir könnten uns ja bei der Sekretärin erkundigen. Wo lag bloß die Zeitung mit der Berliner Telefonnummer. Der Kater beobachtete unsere hektische Suche vom Sofakissen aus, und – wie es schien –mit nachsichtiger Miene. Nach einer Weile sprang er plötzlich auf und flitzte zum Telefon. Aus dem Gemurr, das er dabei ausstieß, hörten wir deutlich heraus: „Schluss jetzt mit der diplomatischen Geheimniskrämerei, ich wollte sowieso anrufen" und wählte mit der linken Pfote eine Nummer, es war die des Berliner Büros.

Die Sekretärin freute sich, dass der Kater sie anrief. Wir hörten das Gespräch über die Freisprechanlage mit. Sie hatte sich Sorgen gemacht. Ab morgen sei sie vier Wochen in Urlaub und nicht zu erreichen. Der Kater beruhigte sie: Zwar sei dies hier kein Diplomatenhaushalt, aber wir würden uns bemühen, ihn zu verwöhnen.

Wir erfuhren nun endlich, wodurch sich Diplomatenkatzen von gewöhnlichen Hauskatzen unterscheiden. Sie können es beispielsweise nicht leiden, wenn man sie am Bauch krault. Felix hatte sich sein Missbehagen nicht anmerken lassen. Denn wir hätten es, lobte er uns, schließlich gut mit ihm gemeint. Aber er sei halt kein Schmusekater. In Indien, wo er lange mit seinem Diplomaten gelebt habe, sei er am liebsten auf Elefanten geritten.

Und dann kam er zum Glück auf seine Leibspeise zu sprechen: Cocktailtomaten in creme fraiche. Ich besorgte sofort Cocktailtomaten beim Gemüsehändler, kaufte am Zeitungsstand im Vorbeigehen noch die neueste Zeitung und blätterte sie durch. Dabei stieß ich auf einen langen Bericht über unseren Diplomatenfreund. Sein Aufenthalt in China wurde vom Auswärtigen Amt von fünf Monaten auf fünf Jahre verlängert. Zu Haus wollte ich dem Kater den Artikel vorlesen. Aber er las ihn lieber selber.

Vielleicht wird Felix in fünf Jahren nicht mehr von uns fort wollen und wir werden ihn dann hoffentlich auf Dauer behalten dürfen.

Lebensstil

Unser Kater Felix spricht mit uns. Er behauptet sogar, das täte er schon immer, wir hätten ihn nur früher nicht verstanden. Wir schreiben es dem Erfolg unserer Meditationsübungen zu, dass wir die Katzensprache verstehen. Bevor Felix etwas zu uns sagt, stößt er einen Maunzer aus. „Das hat er von dir", behauptet Isolde. „Du machst auch vor jedem Satz zuerst ‚hmm'". „Mir ist das bis jetzt nicht aufgefallen", gebe ich zu. „Siehst du, und der Kater denkt, das muss so sein!"

Professor Zeus gelang durch Genmanipulation, dass seine Assistentin Leda, auf die seine Frau schon lange eifersüchtig war, Zwillinge gebar, die aufs Haar jener ausgestorbenen Menschenrasse glichen, die man in alten Schriften Engel nannte.

Archäopterix. Als Zeus sich dem Saurierweibchen Leda nahte, zeugte er mit ihr die Vögel.

Die Schnur

Vor einem kleinen Hotel in der Umgebung von München wartete ein Bus für 60 Personen. Er stand bereit für die Gemeinschaft der Zauberer und Hexen, die eine Reise an die Nordsee zu einem dreitätigen Seminar vorhatten. Nach und nach trafen alle Teilnehmer ein. Josef, Vorsitzender und Urbayer, hatte alle Hände voll zu tun und zu schütteln.

Ich bot Josef meine Hilfe an. Er bat mich, ich solle aus dem Speicher Proviant herunter bringen. Durch eine Luke zum Speicher baumelte eine Schnur herab. Ich zog. Vielleicht hing ein dicker Schinken dran. Der Schinken, oder was das auch war, schien sich dagegen zu sträuben eingeholt zu werden. Irgend etwas zerrte jedenfalls am anderen Ende wie ein großer Fisch an der Angel.

Ich war stärker und zog den Kontrahenten heran. Es war ein grauer, magerer Kater, der in Panik ungeahnte Kräfte entwickelte. Die Schnur stand aus seinem Katermaul hervor und er sprang wie besessen hin und her. Das Entsetzen war ihm anzusehen, saß ihm im Nacken oder auch im Bauch, vielleicht hatte er einen vergifteten Köder verschluckt.

Trotz seiner Kapriolen riss ich ihn mit einem kräftigen Ruck zu mir her und schnitt mit meinem Taschenmesser dicht am Katermaul die Schnur durch, vielleicht wegen seines Gehampels ein bisschen sehr dicht am Katermaul. Er sauste sofort davon und hüpfte mit einem Satz nach oben durch die Luke. Ich hoffte für ihn, dass er ohne Nachteile verdaut, was er vermutlich Grausliches in sich hineingegiert hatte und holte Wanda aus unserem Hotelzimmer und wir gingen nach unten in den Gastraum.

Ungefähr eine Viertelstunde war vergangen, da traf Willi ein, unser hagerer, sommersprossiger Virtuose auf der Gitarre. Ich hatte mit ihm vor drei Tagen über die Reise zur Nordsee gesprochen und ihn überredet mitzumachen. „Muss ich mich extrafein ausstaffieren oder genügt Freizeitkleidung.“ „Freizeit reicht“, versicherte ich ihm. Nun waren aber doch alle elegant gekleidet erschienen. Willi fühlte sich deplaziert. Wanda und ich fanden, dass er mit seinem marineblauen losen Hemd, natürlich ohne Krawatte, und seiner sandfarbenen Jeanshose und Jacke, gut aussah.

Er trat in die Runde, die sich inzwischen fast vollzählig versammelt hatte, zeigte auf mich mit den Worten: „Benno ist schuld an meiner unvorteilhaften Kleidung“. Und er bat seinen Aufzug zu entschuldigen. Von diesem Auftritt fühlte sich offenbar ein junger Mann, den wir in diesem Kreis noch nie gesehen hatten, angespornt, ebenfalls das Wort zu ergreifen. Sein Gesicht war flächig und wies so etwas wie eine Hasenscharte auf, sie klaffte schräg über seine Oberlippe und nässte. Er stellte sich in die Mitte des Raums, wies mit dem Finger auf mich, und sagte, er sei mir dankbar, dass ich die Schnur gekappt habe, aber ich hätte seine Oberlippe dabei verschonen und sie nicht halb mit abschneiden sollen.

„Komisch“, flüsterte ich Wanda zu, „er war doch ein so magerer Kater und der da wirkt eher dicklich.“ Uns war die Lust an der Busreise nun endgültig vergangen, und da sich Willi in dem Kreis sowieso nicht wohl fühlte, schlugen wir ihm vor: Steigen wir einfach in Frankfurt aus dem Bus und lassen die andern ohne uns drei weiterfahren. Und dann tin-

geln wir durch die Lande, das hatten wir doch längst
mal vor.“

Rasur

Die struppige schwarze Katze saß auf der Treppe vor
dem Haus. Der Mann aus der Parterrewohnung ra-
sierte sich im Gehen mit seinem elektrischen Rasier-
apparat. So eilig hatte er es. Aber für einen Scherz
musste Zeit sein. Er fragte die Katze, ob sie auch ra-
siert sein wolle. Der Mann war sich nicht sicher, ob
sein Scherz bei der Katze angekommen war. Die
Katze aber dachte, weiß denn der Blödling nicht,
dass sich Katzen nicht rasieren.

Pfotenleise
jagt das gestiefelte Kätzchen
dein Herz,
eine Delikatesse.
Hüte dich!

Ich werde aus meiner Frau nicht schlau,
sie schaut mich an aus Augen so blau
und voller Unverstand.
Wenn ich sie kraul, weiß ich nie genau
schnurrt sie diesmal oder kratzt sie mich.
Miau!

Der Kater in mir schleckt sich begehrlich das Maul
nach der Katze in dir.

Der fremde Kater stieg zu der grünen Witwe über
die Mauer. Sie zwitscherte verführerisch in ihrem
Bauer. Als er zubiss, war sie sauer.

Die ganze Familie ist betrübt. Die Tochter hat sich in den Kater verliebt. Ach hätte sie nur den Vetter genommen. Doch nach der Affär mit dem Kater will der sie nicht mehr.

Die Katzendame. Ob du je denken wirst wie eine Menschenfrau, das weiß ich nicht, bloß dies weiß ich gewiss, dass du in meinem Bett für mich gefährlich bist.

Meine Katze wünscht sich einen Kater, kommt er dann ins Haus, packt sie ein Graus.

Morgens drängt sich der Rivale voller Gier in der Küche an den Kühlschrank, kriegt sein Frühstück. Ist die Katze endlich satt, kommt der Ehemann als nächster dran.

„Was krieg ich heute zu essen?" Ich weiß, was meine Katze mir sagen will, wenn sie mich so anschaut. Sie mag es nämlich, wenn ich ihr die Namen von Leckerbissen ins Ohr säusle.

Er hat seine Jahre vergeudet
für einen Schwarm.
Sie wurde nie wirklich für ihn,
obwohl es sie wirklich gibt.
Sie schnurrt in einem anderen Arm.

Der Inder

er sah nicht aus wie ein Sponti
klein und drahtig mit Stoppelfrisur
doch wer ihm über den Weg lief
der machte lieber eine Biege nach gegenüber
und flüsterte hinter ihm her
das war Narasima der Löwenmann
wenn aber ein Großer ihn mein Kleiner nannte
dem machte er mit seiner Pranke klar
wer er wirklich war
den verdrosch er mit dem Mobiliar
der nächsten Kneipe
nach allen Regeln
der Veden

Katzennacht

Genussaroma der Katzennacht,
Schwermut und Entzücken
malen ihre Bläue in die Schatten,
Kätzchen befeuchten die Mäulchen,
feinnervige Zungen
schlecken aus Schälchen Säuerliches.
Morgens hat die Welt für Katzen
ein böses Hundegesicht.

Wenn unterm Mond die Kater minnesingen, komm
ich mir vor wie ein aus der Tierwelt Ausgestoßener.

Wenn ich jetzt brüll, glaubst du mir dann, dass ich
ein Löwe bin, oder jagst du mich davon.

Geliebter Macho

abends dann beim Lampenscheine
streckte und räkelte er sich
auf der Chaiselongue so lange
bis er seinen Gespielinnen zuliebe
einem Löwen glich
sie zausten seine Mähne fürchterlich
er aber fauchte nicht
zeigte auch nicht seine Zähne
nur sein feuchter Raubtieratem
streifte ihre Glieder
dass ihnen wohliges Grausen
über den Rücken lief

Metamorphosen

Die Katze lag auf einem warmen Stein am Fluss. Sie
sprach mich an: Gehen Sie besser hier nicht ins Wasser. Hier gibt es Schlangen. Dann lud sie mich zu
einer Party ein. Auf der Party erschien sie in ihrer
eigentlichen Gestalt als junge Dame im Pelz.
Da habe ich mich nicht mehr darüber gewundert,
dass diese Katze sprechen konnte.

Deine Worte haben Biss: kleine Raubkatzen in der
Luftarena. Ein falscher Zungenschlag von mir und
sie fallen über mich her.

Dompteur. Sie zähmte den Hauch zu samtpfotigen
Worten, zu kleinen Raubkatzen in der Luftarena. Es
half ihr nicht, Dompteur war ich

Ich wollte mit ihr auf dem Sofa in den Abend
schaukeln.

Elfe

Wir hängen sehr an unserem getigerten Kater. Er schläft meistens zu unseren Füßen mit uns in den Morgen hinein. Gelegentlich aber geht er mitten in der Nacht für ein paar Stunden auf die Jagd. Falls mir oder Wanda auffällt, dass er unterwegs war, gehe ich ins Wohnzimmer rüber. Meistens hat er von seiner Jagd was mitgebracht: drei, vier Mäuse, einen Vogel, einen Frosch oder bloß ein Insekt. Ich mache ihm dann jedes Mal Vorwürfe. Aber es nützt nichts.

Diesmal höre ich gegen vier Uhr morgens die Katzentür klappern. Ich springe wie elektrisiert aus dem Bett. Er wird doch nicht wieder Michaels Hasen oder Gustavs Meerschweinchen aus der Nachbarschaft anschleppen. Die haben wir schon dreimal zurückgebracht.

Auf unserem schwarzen chinesischen Teppich im Wohnzimmer liegt eine Elfe. Sie hat lange blonde Locken und wimmert leise vor sich hin. Der Kater sitzt auf ihr und knabbert an ihren goldenen Schühchen herum. Auf den ersten Augenschein lässt sich nicht erkennen, ob er das Elflein selber auch angebissen hat oder ob es unverletzt ist. Sein Tüllkleidchen ist zerknittert, jedoch blütenweiß.

Wie und wo hat der Kater die Elfe überwältigt. Und wie hat er es geschafft, sie hierher zu schaffen. Darüber schweigt er sich aus. Sollten die Eltern der Elfe von dieser Geschichte erfahren, dann sehen wir schwarz für unseren Kater.

Die Streunerin

Ich wache auf, mache Licht, blinzle gähnend auf die Uhr - weit nach Mitternacht. Sie ist immer noch nicht da. Weiß der Kuckuck, wo sie sich wieder herumtreibt. Mein Ärger macht mich munter. Sie narrt mich, seit es sie gibt. Ich mach das nicht mehr länger mit. Verdammt. Wie oft hatte ich ihr das schon angedroht. Und war sie endlich wieder da, schmolz ich widerstandslos dahin. Das muss sich ändern.

Gegen Morgen erscheint sie, wie immer mit betonter Gelassenheit hinter der sie ihr schlechtes Gewissen verbirgt. Oder ist es wirklich nichts als Unschuld. Ich baue Distanz auf. Sie macht es sich in einem Sessel bequem, ganz Pose. Ich reagiere nicht. Mal sehen, wer es länger aushält. Nicht beachtet zu werden, verträgt sie nämlich nicht. Vorerst begnügt sie sich damit, mich erwartungsvoll aus schiefen Augenwinkeln zu beobachten, als lauere sie auf Zuwendung.

Aber ich knipse das Licht aus und lege mich wieder zu Bett. Gleich darauf spüre ich wohlig den Sprung aufs Bett und genieße ihr verführerisch schmeichelndes Seidenhaar an meiner Wange. Aber ich rühre mich nicht. Blitzschnell prasselt es nun feuchte Nasenstüber auf Wangen, Augen, Nase und Mund. Ich nehme mein lebfreudiges Luderchen in die Arme. Wieder alles wie gehabt, nur dass es diesmal länger gedauert hat als sonst. Hast mich halt doch wieder rumgekriegt, resigniere ich halb versöhnt.

Sie hat gespürt, dass es kriselt, frohlocke ich; denn sie bleibt zu Hause. Bis, ja bis sie eines Tages ganz verblüffend unvermutet weg - einfach nicht da ist.

Ich knalle die Tür zu: So meine Liebe. Ohne meine Hilfe kannst du nun nicht mehr rein.

Und nun? Warten, also wieder das bange und so verhasste Warten. Da, Geräusch am Fenster. Um drei Uhr morgens, nichts als Schimpfworte im Sinn, reiße ich das Fenster auf. Er, der in seiner Schüchternheit nie ahnen ließ, dass er Wanda heiß begehrt, schaut mir mandelförmig tieftraurigen Blicks unverwandt in die Augen.

„Peter! Armes Peterle", murmle ich, nicht ohne Selbstmitleid, „ich kann dir nicht helfen. Mit mir macht sie's genauso" und schließe behutsam das Fenster.

Trau-schau-wem

„Hier können wir nicht bleiben", quietscht Mausenmammi, keinen Widerspruch duldend.

„Warum denn nicht", quietscht es aufsässig dagegen. Hier ist es dunkel und schön warm, richtig kuschelig."

„Nix da", kommt es energisch zurück. „Hier riecht's nach Katze."

„Katze", quietschelt es durcheinander, „was ist denn das, Katze?"

„Katze ist mindestens zehnmal so groß wie wir, und liebt uns."

„Na und", quietscht es in höchsten Tönen.

„Ja", höhnt Mausenmammi, „sie hat uns zum Fressen gern, nimmt uns ganz sanft in ihr riesiges Maul, spielt mit uns, solange wir noch zappeln und dann frisst sie uns."

„Uiuiui", wispert und quietschelt es teils schaudernd, teils zweifelnd.

„Ja, habt ihr denn noch nicht gemerkt, dass eines von euch bereits fehlt?“ Mausenmamma klingt jetzt aufgebracht.

Die Kleinen drängeln sich dicht aneinander.

„Habt keine Angst“, beschwichtigt sie nun. „Ich kenne den finsteren Wirr-Warr-Weg ins Freie. Folgt mir einfach.“

Das fehlende, wohl zu neugierige Kleinchen hat übrigens die elegante Schwarz-Weiße auf dem Gewissen.

Milchmieze

Für Krümelchen (so genannt, weil so klein und putzig) und Rudolf gab es auch ohne Gäste genug Zeitvertreib, wozu am meisten die Katze beitrug. So ne richtige schwarzweiße Milchmieze, wie Milch mit Schwarzbrot. Auf Samtpfoten schnurrte sie um die Kinder herum und forderte sie schupsend zum Spielen auf. Am liebsten spielte sie mit ihnen Versteck. Zuerst mussten die Geschwister sich vor ihr verstecken. Für Krümel blieb es ein Rätsel, warum Mieze Rudolf als erstes fand und zwar sofort; roch der vielleicht so gut. Hieran herumzurätseln hatte sie in ihrem Versteck eine Menge Zeit bis schließlich auch sie gefunden war. Dann raste Mieze in übermütigem Galopp davon, und es galt sie zu suchen. In weitläufigen Räumlichkeiten mit den vielen Schlupfwinkeln tat sich das Kätzchen natürlich leicht und nützte das weidlich aus. Es konnte Stunden dauern, bevor sie gefunden wurde. Wie konnte sie das bloß so lange in ihrem Versteck aushalten. Wer weiß, wie viel Zeit sie davon verdöste, argwöhnte Krümelchen.

Puma

Wir lieben unseren Berglöwen. So lange er noch Kind war, machten wir uns keine Sorgen über seine Zukunft. Inzwischen ist er ausgewachsen und wir befürchten, dass es verboten sein könnte, eine ausgewachsene Großkatze als Haustier zu halten. Unser Puma ist natürlich harmlos. Bei den Behörden würde man das vermutlich anders sehen.

Vorsichtshalber sprechen wir mit niemandem über unser Haustier. Auch unsere Gäste bekommen es nicht zu Gesicht. Der Puma zieht sich, bevor Besuch kommt, von sich aus in die hinterste Ecke des Gartens zurück, und wartet ab, bis wir wieder allein sind. Zugegeben, durch seine unbändige Kraft ist schon manchmal was kaputt gegangen. Letzte Woche schlug er mit seiner Riesenpranke die Glasscheibe der Verandatür ein. Anschließend verkroch er sich im Keller unter einem alten Bettgestell. Erst nach Stunden kam er wieder hervor, so peinlich war ihm anscheinend der Vorfall.

Wir lassen unseren Puma nur wenn es unbedingt sein muss allein, obwohl der Garten ziemlich groß und überdies von einem hohen eisernen Zaun und einer dichten immergrünen Hecke umgeben ist. Für die Jugend der Nachbarschaft ist das allerdings kein unüberwindliches Hindernis. Sie benützte die Gelegenheit, in das Grundstück einzudringen als wir einmal nicht zu Hause waren. Bei unserer Heimkehr sah ich einen Buben über den Gartenzaun auf die Straße klettern und davonlaufen. Mit schwante nichts Gutes, ich ging um das Haus herum und suchte unseren Puma. Dabei stöberte ich im Gebüsch drei Jungens auf, die sich versteckt hielten.

Plötzlich hörte ich das mir wohlbekannte Schnurren, es dröhnte von oben aus dem Speicherfenster. Der Puma sprang direkt vor meine Füße. Er sah zerzaust aus, als habe man allerhand Schabernack mit ihm getrieben. Er begrüßte mich so stürmisch, dass ich um mein Leben fürchten musste.

Telefon

wenn das Telefon knurrt
dann weiß ich
es beißt mich
und laufe davon
wenn das Telefon schnurrt
ist es meine Frau
ich hebe ab
und sage miau

Die Katze schmiegt sich an den Menschen. Und auch der Mensch sucht ein höheres Wesen, das er nicht begreift, aber an das er sich schmiegen kann.

Weh' dir Kätzchen

Sylvester. Die Katzenähnliche und ihr Geliebter stehlen sich in sein Elternhaus. Seine Eltern sind ausgegangen und erst nach Mitternacht zurückzuerwarten. Diese beiden aber wollen mit sich allein sein und das Feuerwerk ihrer Liebe genießen. Im Widerschein von Hell und Dunkel, der ihr Bett durchs Fenster herein umspielt, versinken sie in animalischem Taumel - als sie ein Geräusch aufschreckt. Die Haustür wird aufgeschlossen. Hastig schlüpft die Katzenperson ins Allernotwendigste und flüchtet in eine dunkle Nische des Vestibüls, hoffend von hier aus unbemerkt entwischen zu können. Das Elternpaar missbilligt die Beziehung. Und Wanda empört die vorzeitige Rückkehr der Autoritäten. War es doch noch längst nicht Mitternacht. Zusammengekauert verharrt sie reglos in ihrem Versteck, während die Eltern den Vorraum durchschreiten und die Wohnzimmertür hinter sich schließen. Jetzt meint sie, könne sie, wenn auch dürftigst bekleidet - endlich das Weite suchen, da kommen Schritte zurück. Ihr stockt der Atem. Der Schalter klickt. Das Licht blendet sie. Sie schließt die Augen und verdeckt ihre Brust mit übereinandergekreuzten Armen.

E R steht vor ihr. Weißhäuptig. Respekteinflößend. Herrscht sie an: „Wieso sitzen Sie hier - sooo ....?!"

„Ich habe gebadet".

„Gebadet?" kommt es gedehnt.

Sie schaut schrägen Blicks zu ihm hoch. „Ja. Gebadet. Ich bade doch öfter hier. Warum heute nicht?" begehrt sie auf.

Sein Blick gleitet wie einhüllend an ihr herunter. „Sie können doch keinen Vogel fressen, Madame!" murmelt er beschwörend.

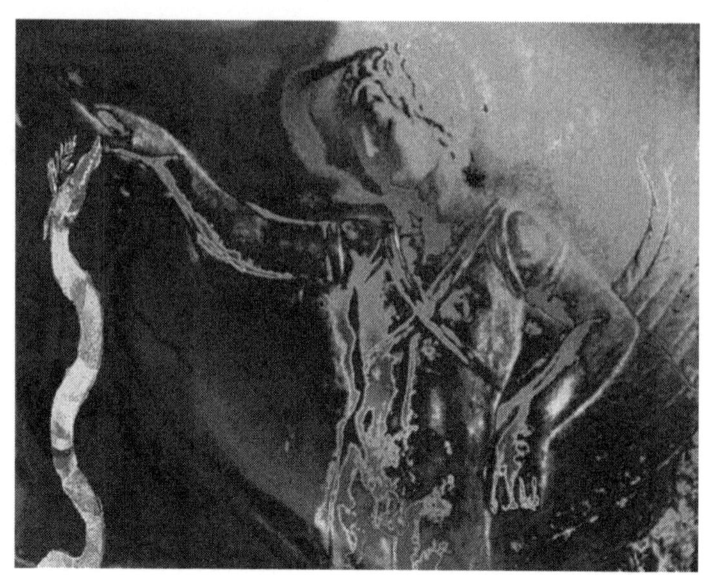

Die Schlange log ihm doppelzüngig vor,
dass er gewönne, was durch sie er erst verlor:
das Paradies.

Schlangenkraft

Als ich vorige Woche den Speicher entrümpelte, räkelte sich eine Schlange auf einer alten Matratze, es war meine Kundalini. Sie blickte mich wissend an. Lange hatte ich mich nicht mehr um sie gekümmert. Mich durchrieselte ehrfürchtiger Schauer.

Selbst wer noch nie eine Kundalini gesehen hat, kann sicher sein, dass auch bei ihm eine wohnt. Wahrscheinlich in irgendeinem versteckten Kellerwinkel. Wird man von ihr gebissen, sollte man nicht starr sein vor Schreck, sondern die Ruhe bewahren. Dann wird ihr Gift einen nicht schwächen oder gar töten, sondern Balsam sein für Leib und Seele.

Vielleicht ist sie einem sogar zugetan, schmiegt sich ans Bein und kriecht die Rückenwirbel hinauf. Gelangt sie dabei bis zum Scheitel, ergreift einen unbändiges Fernweh. Worauf es mitunter geschieht, dass man zum Flieger wird. Aber gerade dann gilt es, besonders auf der Hut zu sein. Es besteht immer die Gefahr des Absturzes. Ich kenne die Witwen zweier Flieger, die beide abgestürzt sind. Statt sich gleich einen Alleinflug zuzutrauen, hätten sie zuerst den Rat eines erfahrenen Fliegers einholen sollen.

Aber es gibt nicht nur Flieger, sozusagen den Luftikus unter den kundalinigekrönten Häuptern. Welches Element einem entspricht, ob Luft, Wasser, Erde oder Feuer, hängt davon ab, wann man geboren ist. Der Astrologe sieht es im Horoskop. Mein Freund Jonas zum Beispiel hat vier Planeten in Fische. Sein Element ist also nicht die Luft, sondern das Wasser.

Jonas ist zur Zeit mit dem Schiff nach Australien unterwegs. Solche Vorsicht lob ich mir. Hoffentlich bleibt er auch dabei und meint nicht, er könne zwischendrin aussteigen und zu Fuß weitergehen.

Instinkt

Instinkt der Bienen. Wir leben im Goldenen Zeitalter. Unsere Königin verbreitet im ganzen Land ein warmes goldenes Licht, ihre sanfte Stimme betört uns, der Glanz ihrer Augen beseligt uns, ihr goldenes Haar hüllt uns ein. Alles was wir tun, tun wir für sie.

Wer weiß, ob nicht die männlichen Seelen von bienenfleißigen Engeln besucht werden, die gedankenbeladen fortfliegen zu weiblichen Seelen, die blühen.

Wie ein Seeadler, der seine Kreise über den Wassern zieht, so kreist der Geist des Dichters über dem Weltgeschehen und sucht die Oberfläche ab nach etwas, das sich im Gegensinn bewegt.

Mein Kopf ist mal eine Voliere,
mal ein Aquarium,
mal flattern Meisen,
mal schwimmen zierliche Fische
darin herum.
Doch immer lauert die Gefahr
durch die Tatzen
meiner beiden Katzen.

Tiertrophäen im Vestibül. Adler, Wolf, Hirschgeweih, Wildkatze an die Wand genagelt. Glänzende Messingnägel. Mythische Wesen. Katze auf Sockel schnurrt.

Als Orpheus sang
schwammen, flogen, rannten
alle Tiere heran,
nur eine Ente im Teich
blieb halsstarrig
und wurde nicht weich,
sie riss den Schnabel auf,
sperrangelweit,
und schnatterte dagegen:
Geht weg,
geht weg von dem da!

Kühe. Zum Schauen geboren, ausgestattet mit Über-
lebensinstinkten, mit dem Vertrauen zur Hand des
Schlächters.

BSE: Der Mensch meint, er sei intelligenter, aber die
Tiere rächen sich mit ihrem Gehirn.

Die Schlange ermunterte Eva: Obst ist gesund.

Wasserlatein.
Zeitloses Gesicht,
Wassergewicht,
wächst lautloses heran
in den Flüssen der Welt,
kündigt sich an
für den Fresser der Zeit.

Aus den Wasserhähnen hanteln Kraken
mit langen Fingern nach kalten Nasen.

Sonderauftrag

Der tiefenpsychologische Abwehrdienst hat in Küstennähe eine Menschenwürgerkrake gesichtet. Es ist ihnen nicht gelungen, sie zu beseitigen. Die Tiefenpsychologen wenden sich an Benno um Hilfe. Der stellt zwei Bedingungen, denen sie nach einigem Hin und Her zustimmen. Punkt Eins: Drei handwerklich begabte Psychiater bauen nach seinen Konstruktionsanweisungen ein Spezialfahrzeug, einen submarinen yellowfarbenen Autoskooter. Punkt Zwei: Jonas aus Liverpool chauffiert ihn.

Noch vor Sonnenaufgang mogeln sich Benno und Jonas mit diesem Vehikel an der Schelfwache vorbei und tauchen 125 Meter tief zur submarinen Einfallstraße. Sie begegnen weder Poseidoniern noch Wassermännern oder -nixen. Benno ist sich sicher, dass man ihnen zwar aus dem Weg geht, sie dennoch genau beobachtet.

Benno bittet Jonas in die submarine Chaussee einzuschwenken. Sie orientieren sich von da an am Mittelstreifen, starren stundenlang auf den Asphalt, der eine nach rechts, der andere nach links. Sie kommen sich schon wie zwei Idioten vor, die eine Stecknadel im Heuhafen suchen, und gerade äußert Jonas, es sei aussichtslos bei so miesem Licht die Krake zu finden, da ruft Benno aus: „Ich sehe was im Rinnstein liegen!“ Tatsächlich, es ist eine Krake, allerdings keine lebendige, sondern eine verweste Ekel erregende Masse.

Sie praktizieren sie ohne Anfassen durch Fußtritt in den mitgebrachten Plastiksack. Dann nehmen sie die Ausfahrt nach Unterwasserburg. Jonas und Benno sind beide gewohnt, dass man sie als Sieger feiert,

und sie erwarten, dass man sie in der unterseeischen
Gesellschaft herumreicht. Doch die Maritimen
schauen durch sie hindurch, als seien sie Wasser.
Wer hier nicht aufgewachsen ist, und keine wasser-
dichten Ahnen bis zur Urmutter Amphitrite vorwei-
sen kann, der hat keinen Zutritt zu den Klubs der
Unterwasserprominenz. Benno und Jonas müssen
sich damit abfinden. Ein unangenehmes Gefühl be-
schleicht Benno, als habe er etwas ausgefressen und
wüsste bloß nicht was, und keiner sagte es ihm.

Delphin

Ach wie schön ist es mit dir,
wenn ich dein Gefährte bin
von vier bis sieben,
wenn du neben mir durch die Großstadt
gleitest im grauschimmernden Glamourkostüm
elegant wie ein Delphin.
Wir ziehen an Schaufenstern vorbei
wie an Korallenriffen.
Und ich ahne,
du hast nicht mich,
sondern bloß die Auslagen im Sinn.

Den Unterschied zwischen der Intelligenz des Menschen und der des Delphins könnte nur der intelli-
gentere von beiden herausfinden, also der Delphin.

Sieben Flimmernixen lockte die Sonne hervor,
Fischer fanden sieben Perlen,
am Ohr singt die Muschel der Undine Lied.

Die Krähe

An irgend etwas muss der Mensch sein Herz hängen und sei es an eine Krähe. Max hat keinen Freund auf der Welt, nur eine Krähe. Die sitzt nachts auf seiner Brust. Und morgens, wenn er aufwacht, streichelt er ihr schwarzes Gefieder. Vor einem halben Jahr ist sie ihm zugeflogen, sie ließ sich auf seine Schulter nieder, was ihm gleich wie eine Geste der Freundschaft vorkam, doch nahm er an, sie würde wieder fortfliegen. Er redete ihr gut zu, machte ihr Komplimente, wie hübsch sie sei. Sie fasste offenbar Vertrauen zu Max, was ihn selber erstaunte, und blieb. Die Krähe ist für Max ein Rätsel, er hat sich schon viele Gedanken über sie gemacht, aber er weiß nicht einmal, ob es sich um ein männliches oder um ein weibliches Tier handelt. Wie unterscheidet man das bei Krähen. Er vermutet, seine Krähe ist ein männliches Exemplar. Sie hat einen Höcker zwischen den Schulterblättern. Vielleicht ein Geschlechtsmerkmal. Die Krähe mag es, wenn er den Höcker berührt. Und sie scheint Max auf ihre Krähenweise mehr als nur sympathisch zu finden, anscheinend liebt sie ihn, was ihm vor den Leuten fast ein wenig peinlich ist. Wenn die Krähe sich tagsüber auf seine Schulter setzt, lässt er sie. Er möchte sie nicht wegscheuchen und sie dadurch kränken. Und er sagt sich dann, es hat doch jeder seinen Vogel, wenn auch meistens einen den man nicht gleich sieht. Und wenn er den seinen herzeigen kann, ist das doch weiter nicht schlimm, eher ein Zeichen für seine Ehrlichkeit.

Weißvogelkönigin

Ach, wie ich sie liebte all die Jahre. Aber immer war mir einer im Wege, immer saß einer dicht bei ihr und redete auf sie ein. Und sie bewunderte jeden ob seiner Klugheit.

Für mich hatte sie nur Spott übrig: Bis dir mal was einfällt, hat der Andi fünf Vorschläge gemacht.

Damit konnte sie mich nicht treffen. Ich hatte ihr Besseres zu bieten als kluge Worte. Irgendwann hörte sich der Spaß für mich auf.

Ich erschlug den einen und den andern warf ich die Treppe hinunter. Die beiden Männer hatten zu den Weißvögeln gehört. Die Polizei suchte den Täter bei den Schwarzvögeln, den Feinden der Weißvögel.

Auf mich fiel kein Verdacht. Und ich fühlte mich nicht schuldig. Dass sie sterben mussten, hatten sie sich selbst zuzuschreiben.

Meine Liebste ahnte, was geschehen war. Aus uns, sagte sie, hätte ein Liebespaar werden können, in Wahrheit sei ihr das kluge Gerede der Weißvögel zuwider, doch nun sei es zu spät.

Ein paar Wochen darauf erkürten die Weißvögel sie zur Weißvogelkönigin. Hoch oben in den Bergen wurde sie gekrönt.

Ich stand dicht hinter ihr und stieß sie von den Klippen:

Flieg Vogel flieg.

Flügges Mädchen

Flügge hat Glauben an Mann längst aufgegeben. Aus dem Alter ist sie raus. Nur in Märchen gibt es welche. Da erhebt sich Lärm im Blätterwald: "Vorsicht, Rambo gesichtet, der boxt ohne Handschuh, kommt ihm nicht in Quere, sonst habt ihr ausgesungen."

Auf solchen Aufschneider fällt Flügge nicht herein, will den Schwindler entlarven. Als sie gerade auf Lauer, schwingt er sich just über Mauer. Flügge tippelt hinterher mit Stück Abstand.

„Schwirr ab! Hab Rendezvous mit Ballerina von Oper!" herrscht der Kerl sie an.

„Na denn!" zirpt Flügge, zeigt auf Vogelbeerbaum. „Warte droben, von da aus sieht man die Oper!"

Schwerer Junge brummt: „Viel zu dünner Baum für schwere Jungs, steige lieber auf Weltenesche!"

Flügge flattert flugs ihm nach, kennt sich aus in dem Revier, zwitschert ihm die Ohren voll zur Blättermusik, vergällt ihm Astgabelruhe. Schwerer Junge tritt Rückzug an, wipfelwärts, narrt Flügge mit sieben Wandlungen, baut Nester aus Sekundenstroh, balanciert in Schwalbenhöhe. Flügge hastet über Ast, Zweig beugt sich wie vor Ehrfurcht, bricht. Flügge breitet Flügel aus, verlässt Horizontale, zahlt mit Blätterkleingeld, ausgepeitscht vom Geäst. Hilfloser weißer Leib im grünen Gras, Nase und linker Daumen verrenkt.

Flügge jammert zur Weltenesche hinauf: „Wäre ich dumme Gans bloß Programmiererin geblieben."

Der Elefant

Der Elefant Benjamin Blümchen, ihn kennt jedes Kind, ist intelligent, intelligenter sogar als mancher Abiturient. Und er versteht sich zudem auf Akupunktur. Mit viel Rüsselspitzengefühl behandelt er Kopfschmerzen durch Nadelstiche ins Ohr. Ihr glaubt mir nicht. Fragt meine Tochter Else. Die litt früher an Migräne. Wenn der Elefant ihr was sagen möchte, schreibt er es auf einen Zettel; denn seine tiefe Stimme kann sie nicht verstehen.

Kürzlich schrieb er in der Handschrift von Else - natürlich hinter ihrem Rücken - einen Liebesbrief. Ihr Freud, der sie vor drei Wochen verlassen hatte, zog nach Paris; kann sein, er ist vor Else geflohen. Sie selber hätte sich zu dem Brief nie überwunden, aber dank Benjamin Blümchen haben die beiden wieder zueinander gefunden.

Das ungleiche Paar

Elefant

Wir bewohnen die 37. Etage. Tiere dürfen in unserem Hochhaus nicht gehalten werden. Unsere Tochter aber ist ein Elefant. Man sieht es ihr nicht an. Man hält sie für ein ganz normales zehnjähriges Mädchen. Das täuscht leider. Ein chinesischer Astrologe hat ausgerechnet, dass sie in Wahrheit ein Elefant ist. Unsere Tochter haben wir natürlich inzwischen darüber aufgeklärt, worauf sie uns wehmütig gebeten hat: „Wenn es soweit ist, dass ich mich wandle, erschießt mich und verkauft die wertvollen Stoßzähne." Das brächten wir natürlich nicht übers Herz. Zudem stehen Elefanten doch unter Naturschutz. Leider habe ich Herrn Ka von der 38. Etage gegenüber meinen Mund nicht halten können. Er muss uns denunziert haben. Wie könnte sonst die Zollfahndung auf uns aufmerksam geworden sein. Sie wenden heutzutage raffinierte Tricks an, auf die man nicht gefasst ist. Der Zollinspektor liest der Tochter zuerst zwanzig Sätze vor, sie soll diese wortwörtlich wiederholen. Die Tochter übersetzt die Sätze innerlich ins Indische, weil sie ja ein indischer Elefant ist. Sie merkt sie sich und sagt sie nach einer Weile auf. Zuerst auf Indisch. Beim Rückübersetzen ins Deutsche passieren ihr ein paar kleine Ungenauigkeiten in der Wortwahl, indes: Mit diesem typischen Elefantengedächtnis hat sie sich verraten. Der Inspektor will trotzdem ein Auge zudrücken. Solange das Wachstum der Stoßzähne bei unserer Tochter nicht einsetzt, darf sie bei uns wohnen bleiben.

Liliput

Bettinchen durchwandert die Halle mit dem himmelhohen Gewölbe. An der weiß getünchten Mauer lehnt eine Liege, auf der Bettinchen winzige Kamelchen - nicht größer als ausgewachsene Katzen - bestaunt. Diese kleinen Dinger sollen Kamele sein, wundert sie sich. Es sind aber welche. Hübsche braune wollige Kamelchen. Zwei splitternackte, rabenschwarze Knaben - ähnlich jungen Robben - spielen mit ihnen.

Bettinchen durchschreitet ein Tor. Linker Hand fällt ihr gleich ein riesiger Sonnenschirm auf; darunter ein märchenhaft Dicker, dick wie drei Mann, kunterbunt gekleidet. „Wollen Papagei? Wollen Papagei?" krächzt er sie an. Bettinchen hebt abwehrend die Hände, schaut sich aber trotzdem nach Papageien um und entdeckt nahe dem unförmigen bunten Dicken einen riesigausladenden Korb. Da drinnen werden sie sein, vermutet sie. So dicht an den Gewichtigen heran mag sie aber ganz und gar nicht und geht lieber weiter, steuert auf einen Tisch zu, der lang wie eine Straße ist. Auf ihm wimmelt es nur so von Schildkröten, Hasen, Eichhörnchen, Katzen und - Kamelchen, auch die nicht größer als Katzen.

Bettinchen starrt gebannt auf die dicht aneinandergewurlte, sich bewegende Masse und erkennt nach und nach, dass nur die Kamele lebendig sind. Alle anderen können sich bloß auf rätselhafte Weise naturgetreu bewegen. Die Kamelchen aber sind wirklich aus Fleisch und Blut.

Wer hatte sich denn das nur ausgedacht, die armen Tiere hier unterzumischen, wüsste Bettinchen gerne. Aber außer dem atemberaubend Dicken ist weit und breit längst keiner mehr zu sehen, den sie hätte fragen können; und an den Dicken traut sie sich nun mal nicht heran.

Was ist das bloß für ein Jahrmarkt, auf dem außer ihr und diesem da sonst keiner mehr ist, mit dem sie reden könnte. Zuhause angelangt, ist ihr auch das Vertraute fremd geworden. Rätsel über Rätsel: „Bin ich jetzt erwachsen?"

Der Code

Ein seelengewanderter Matrose der Ostindischen Company ließ sich wegen einer genetischen Botschaft für Indien vierteilen. Er sitzt derzeit als Löwe vor einem Tempel in Bombay. Nichts Edleres gibt es unter der Sonne als solche Männer.
Eine Frau im Sari gibt die Botschaft durch Fingerzeichen weiter - an die nächste Generation.

Eine falsche Paarung und schon entschied sich für Millionen von Jahren, es bleibt der Mensch ein Erdenwurm, er wird sich niemals wiegen können mit den Vögeln im Sturm, ihm werden niemals Flügel wachsen, obwohl er die Ansätze zu Flügeln trüge.

Gourmet. Ehe ich dein vergaß, warst du eine Schwalbe. Weissagt dein Flug, dass du zurückkommst im Frühling oder wird ein Gourmet dich fangen mit Netzen

Man hat ihn verkannt. Statt Apollo wurde er
Rumpelstilzchen genannt.

Zwerge

Weil sie so klein sind und geschmeidig ausweichen, sind sie niemand im Wege und wegen ihrer vielen gutmütigen Falten erbost sich niemand über sie. Die Wissenschaft hat nachgewiesen, entwicklungsmäßig stehen sie zwischen Gnomen und Menschen. Der Sprache sind sie auf eine amüsant unlogische Weise mächtig. Wegen dieser Eigenschaft und ihres freundlichen Wesens werden sie neben oder statt Hund und Katze im Haus gehalten.

Sie neigen allerdings dazu, manchmal zu verschwinden, spüren geheimnisvolle Höhlen an Seeufern auf und dann lassen sie sich durch nichts herauslocken.

Die Echse

Trude wohnt im Souterrain zusammen mit einer Echse. Die Echse ist ein liebes Tier, sieht ein bisschen aus wie Krokodil, ist ungefähr so groß wie Dackel, geht brav an Leine und kann sprechen. Sie redet jedoch nur mit Trude und nur dann, wenn sie mit ihr allein ist. Einmal habe ich beide belauscht. Sie machten sich lustig über meinen rechten Schuh. Wenn ich abends ausgehen möchte, leihe ich mir die Echse aus. Sie ist nämlich zugleich mein linker Schuh. Mein rechter Schuh hingegen ist unkompliziert. Er flackt genau da, wo ich ihn trittlings hinbefördert habe und rührt sich erst von der Stelle, wenn ich ihn anziehe.

Dieses Haus hat noch die Oma aus Sibirien gebaut.
Rechterhand waren die Schweine untergebracht.

Lass los

Das Schwein schrie erbärmlich in dem Kasten seiner
Brust. Das jammerte Max, er ließ die Sau raus. Sie
hüpfte possierlich in der Wohnung herum, verschon-
te das Mobiliar und blieb manierlich auf dem Teppich. Max zuliebe verwandelte sie sich sogar in ein
kalberndes Kalb. Das sprang in den Garten, zupfte
ein paar Gräser und schlüpfte neugierig durch eine
Lücke im Zaun in die Welt hinaus.
Nach ein paar bangen Jahren befürchtete Max, man
habe das Schwein oder das Kalb unterwegs irgend-
wo geschlachtet. Da tauchte es als erfahrenes
Schwein am Zaun wieder auf. Das Tier spricht nun-
mehr fast wie ein Mensch und erheitert Max seither
mal als Kalb mal als Schwein.

Hexenküche

in unsere Küche fiel Teufelsspuk ein
mit Gewürm im Gefolge
und ließ meine Frau nicht mehr rein
hinterm Berg wohnt eine Hexe
die half uns aus unserer Not
sie traf mit dem Taxi aus Feuerland ein
und fuhr per Lift zu uns hinauf
in den fünfzehnten Stock
sie studierte die Zinken an der Küchentür
mit Lupe und Zirkel
und murmelte ein Dutzend Teufelsnamen
Baphometh und Ashteroth
die Tür sprang auf
Gewürm entwich
die Hexe blieb

Kreuzung

Stell dir vor, du bist ein Käfer und du musst unbedingt da vorne an der Kreuzung vorbei. Genau dort aber lauert eine Kröte. Wie lang ihre Zunge ist, das kannst du nur ahnen. Aber wenn diese aus der Kröte hervorschnellt, schmatz, wird sie dir mit einem Zungenschlag die Glieder brechen und dann bleibst du in dem klebrigen Schleim hängen.
Du musst unbedingt da vorn vorbei, und zwar schnell. Aber deine Beinchen sind wie gelähmt.

Entomologisches Stichwort: „Das ist der Wolkenkuckucksheimkäfer. Er kommt in Nordsüdwales vor, aber nicht in Schottland. Unten krabbelt er, im oberen Stockwerk ruht er unter einem Baldachin, befächelt sich und trinkt Nektar.
Schade, dass er auch Feinde hat."

Myrmidonen

Sie haben einst vor Troja gekämpft, jetzt krabbeln sie durch verstaubte Folianten von Aristophanes über Euripides zu Sophokles, bis du sie wieder durch die Brille entdeckst.

Die letzte Hirnzelle, letzte Ameise ihres Stammes, schleppt Balken um Balken. Sie wird immer an das große Werk glauben.

Manchmal ist bloßes Kopfschütteln schon reine Energienvergeudung.

Die Reise

Während ihrer ersten gemeinsamen Reise geriet ein junges Paar an den Rand des Urwalds. Die beiden wagten indessen nicht, diesen zu betreten, da sie mit den Riten und Gebräuchen der Dschungelbewohner nicht vertraut waren. Doch das unentwegte monotone Trommeln, der süße, verlockende Duft, der nachts aus dem Urwald wehte, erregten ihre Neugier.

Eine Woche nach ihrer Ankunft erstanden sie auf dem Marktplatz vor ihrem Hotel ein schmetterlingsförmiges Amulett von einem dunkelhäutigen Eingeborenen und erkundigten sich bei dem Mann nach der Bedeutung des Anhängers. Er tat geheimnisvoll. Wenn sie ernsthaft in die Mysterien des Urwalds eingeweiht werden wollten, müssten sie dem Geheimbund der „Nachtschwärmer" beitreten und sich verpflichten von nun an mindestens zweimal in der Woche ein bestimmtes, kompliziertes Ritual einzuhalten. Er legte ihnen eine Beitrittsurkunde vor. Sie überlegten nicht lange und unterschrieben mit ihrem Blut.

Eine Woche verging. Sie vermieden es über den Pakt, auf den sie sich eingelassen hatten, miteinander zu reden. Da aber nichts Bemerkenswertes geschah, legte sich ihre anfängliche innere Unruhe. Sie lasen in einer kleinen Broschüre, die ihnen der Medizinmann zusammen mit der Urkunde überreicht hatte, über das Ritual nach und machten sich darüber lustig.

Eines Morgens, sie saßen eben bei hellem Sonnenschein in ihrem Hotelzimmer beim Frühstück, beobachteten sie am Fußboden einige schwarzweißgestreifte Raupen, die tranig umherkrochen, und sich wie Paragraphen krümmten.

Im Laufe der nächsten Tage vermehrten sich die kleinen Ungeheuer rapide, bis der ganze Boden des Hotelzimmers übersät war. Die beiden jungen Leute konnten sich kaum mehr frei in ihrem Appartement bewegen. Um diesen winzigen Monstern auszuweichen, waren sie zu umständlicher Choreographie ihrer Schritte genötigt. Angewidert verzichteten sie auf die versprochenen Enthüllungen über die Geheimnisse des Urwalds und reisten ab.

In der Kölner Wohnung, die sie gemeinsam beziehen wollten, waren die kleinen Ungeheuer zu ihrem Entsetzen schon da, als wären sie ihnen hierher vorausgeeilt, und hatten nun die Stühle, das Sofa, das Bett und das Büffet erklommen, gleichsam die nächste Etage des Lebensraums der jungen Leute, die sich nun nicht nur jeden ihrer Schritte überlegen mussten, das Ausweichmanöver hatte sich auf ihr gesamtes Verhalten ausgedehnt; es hatte etwas Rituelles, Zwanghaftes bekommen. Sie konnten nicht mehr unbefangen miteinander reden. Vor allem nicht über die Zeit, bevor sie sich kennengelernt hatten; statt sich liebevoll in die Augen zu schauen, starrten sie auf ihre Schuhspitzen. Innerhalb der nächsten Tage drangen die Raupen Zentimeter für Zentimeter in Kopfhöhe vor.

Die Spannung zwischen dem Paar wurde unerträglich. Sie gingen sich aus dem Weg. Der Mann resignierte und zog sich in sein Studierzimmer zurück. Die junge Frau aber wollte nicht kapitulieren; sie suchte nach einem Ausweg und wandte sich um Hilfe an einen Nachbarn, einen Junggesellen, der auf dem selben Flur wohnte und als freundlich und gefällig galt. Sie flehte ihn an: Er möge ihr und ihrem Mann um Gotteswillen helfen.

Dieser Nachbar also, der war ich. „Natürlich verstehe ich genug von Tiefenpsychologie, um die Symbolik dieser Geschichte deuten zu können. Die schwarzweißgestreiften Raupen sind nichts anderes als die Indikatoren einer tiefsitzenden Persönlichkeitsspaltung infolge unerlöster Libido. Allmählich verpuppt sich, je weiter sich diese Minidrachen nach oben bewegen, von der Basis her die gesamte Persönlichkeit der Beziehungspartner, bis sie sich nur noch wie an Schnüren gezogen bewegen können. Liebe Frau, ich würde euch beiden ja gerne helfen und die Biester zertreten. Aber ich bringe es nicht fertig, mich ekelt, mich ekelt."

Wenn der Sommer ist dahin
und die Blätter welken
bin auch ich
dir nicht mehr grün....

Schlafrockmade

Längst war es Herbst geworden. Die Wissenschaftlerin hatte den ganzen Sommer über die grüne Schlafrockmade studiert und kannte diese nun besser als sich selbst. Allerdings gab es jetzt im Herbst keine grünen mehr. Wie die Blätter waren sie alle braun geworden. Die Wissenschaftlerin wollte jedoch nicht daran glauben: Es musste doch - wie überall so auch hier - eine Ausnahme geben. Und hinter dieser war sie her.

Sie schaute in der Regentonne nach, inspizierte den Geräteschuppen, wendete trockenes Laub, durchstöberte den Holzstapel und hatte ein Augenmerk auf jeden Schlupfwinkel, in dem es sich gut schlummern ließ. Vergebens. Sie fand nur braune. Und viele von ihnen waren verendet und ausgetrocknet.

Schon machte sie sich keine Hoffnung mehr, da gelang ihr unversehens der große Fang. Sie entdeckte eine prächtige grüne ausgerechnet in ihrem eigenen Bett. Es war ein so stattliches Exemplar, wie sie nie zuvor eines gesehen hatte. Es räkelte sich faul, drehte sich gerade auf die andere Seite und blinzelte. Die Made erblickte die Wissenschaftlerin, wurde vor Schreck hellgrün, fühlte sich entlarvt und wollte sich noch schnell häuten.

Entschlossen stopfte die Wissenschaftlerin die Made mit fachmännischem Griff in ihren grünen Schlafrock zurück, trug sie in die Küche, schob sie in die Backröhre und stellte die Temperatur auf Hundert, um die Bräunung zu beobachten.

„In meinem Alter soll ich mich noch wandeln!" entrüstete sich die Made. Es half ihr nichts. Während sie

sich wandelte, summte sie das traurige Lied vor sich
hin:
Wenn der Sommer ist dahin
und die Blätter welken
bin auch ich
dir nicht mehr grün....

Staatsgebilde

Dieser Insektenstaat ist ein äußerst instabiles Ge-
bilde. Wenn einer der zehn obersten Ordnungshüter
versagt, bricht Anarchie aus. Die Arbeiter fallen über
die Angestellten her und metzeln sie nieder. Die Po-
lizisten und die Soldaten sind miteinander zerstritten. Die Offiziere rennen kopflos durch die Straßen.
Die Mütter lassen ihren Nachwuchs unbeaufsichtigt
und vergnügen sich mit den Soldaten. Die Schalter in
den Behörden sind unbesetzt. Die Versorgung mit
Nahrungsmitteln bricht zusammen. Die Hungrigen
schrecken selbst vor Kannibalismus nicht zurück.
Und die Feinschmecker stürzen sich auf die wehrlo-
sen fetten Maden. Probier du auch mal.
Pfui.

Totenvögel

„Schau doch", sagte Wanda begeistert. Wir waren
mit unseren Fahrrädern flussaufwärts gefahren und
hielten nun an einer breiten Uferstelle an. Über dem
Fluss kurvten unzählige Vögel, die sich wie es schien
mit akrobatischen Flugkunststücken zu übertreffen
suchten. Sie sausten im Sturzflug herab, tauchten in
die Fluten und schossen wieder empor, als seien sie
mit beiden Elementen gleichermaßen vertraut, als
gäbe es für sie keine Schwerkraft. Man konnte die
Versammlung so vieler Vögel für eine Grußveran-
staltung halten, bei der sie sich austoben und sich
gegenseitig ihre Künste vorführen wollten. Es war
schier unglaublich, dass es bei dem Getümmel keine
Zusammenstöße gab.

Je länger wir zuschauten, um so seltsamer empfan-
den wir indessen, was sich da abspielte. Das waren
keine gewöhnlichen Vögel, Falke oder Habicht oder
Schwalbe oder Reiher, die man identifizieren konnte.
Wie Schatten glitten sie ineinander und trennten sich
wieder, und sie nahmen vielerlei Gestalt an, und waren mit einem Mal nicht nur Vogel, sondern alles
mögliche Getier, wie Igel, Pferd, Echse und Walfisch.
Dann beruhigte sich allmählich der Trubel.

Mächtige helle Gestalten traten an ihre Stelle, die
wir als Schutzgeister ansahen, und dunkle, in denen
wir Ammen der Geisteswelt erkannten, die an ihren
Brüsten für uns gerade noch wahrnehmbare Seelen
der vor kurzem Verstorbenen nährten.

Und dann näherte sich mir eine von den großen
schwarzen Gestalten, sie kam über mich, ich tauchte
ein in ihr Dunkel und wehrte mich verzweifelt.

Vergeblich

Vergangene Nacht hörte ich gewaltiges Flügelrau-
schen vor meinem Fenster und es drang ein heller
Schein in das Zimmer. Da sah ich hinter allen Mei-
nungen die Gegenmeinungen.

Dereinst werde ich über mein Leben leider nicht viel
sagen können. Weder war ich ein Steinadler, der ü-
ber die Rocky Mountains schwebte noch zog ich als
Nomade durch die endlosen Weiten Sibiriens. Ich
war leider nur ein Bayer.

Prometheus hatte ein ausgezeichnetes Immunsys-
tem. Jede Nacht wuchs ihm die Leber wieder nach,
die ihm am Tag der Adler aushackte.

Wenn ich abends auf meinem Bett liege, gleitet mein
durch den Adler symbolisiertes Ich über mir, dunkel
und mächtig, seine Schwingen reichen von Wand zu
Wand.

Katharsis. Wer makellos wie sie, der sieht die Nymphe in dem Quell, sieht den makellosen Leib, der
heller ist als selbst der Quell.

Meergott. Er hat an jedem Finger einen Ozean und
einen Ozean in der flachen Hand. Und ist im ganzen
Land unbekannt.

Märchenwelt

Vor einem halben Jahr hat Ilse ihm ihr Jawort gegeben und schon drängt sich ihr die Frage auf, warum Simon sie eigentlich geheiratet hat. Er findet kaum Zeit für sie. Gerade noch für einen flüchtigen Kuss am Morgen. Bis spät abends sitzt er im Büro an seinem wuchtigen Schreibtisch.

Zwar ließ er ihr Elternhaus renovieren, als wolle er damit ihrer Vergangenheit nachträglich mehr Wohlstand und Glanz verleihen. Auch die Kellerräume erstrahlen nun in reinstem Weiß. Aber ihre Gegenwart bekümmert ihn wenig.

In ihrer vielen freien Zeit liest sie Märchen, tagaus tagein. Wer statt in der Wirklichkeit in der Märchenwelt lebt, der kann sich in alles verwandeln. Und so singt sie eines Tages „Wenn ich ein Vöglein wär" und schon verwandelt sie sich in einen kleinen Vogel.

Längst ist sie es leid, bis weit nach Mitternacht auf Simon zu warten, darum nimmt sie all ihren Mut zusammen, fliegt in die Stadt zu seinem Büro und schlüpft unbemerkt durchs offene Bürofenster. Von hoch oben auf dem Büroschrank schaut sie zu ihm hinunter, wie er telefoniert, Besucher empfängt und in seinen Akten wühlt.

Einmal steigt er auf die Leiter und will sich einen Vorgang aus dem obersten Schrankfach holen. Sie spürt seinen Atem und seine Nähe verwirrt sie, da vergisst sie, dass er ihr strengsten verboten hat, sie in seinem Büro zu besuchen.

Sie zwitschert: „Hier bin ich, liebe mich!".

„Hab ich dir nicht verboten...", empört er sich. Und schon dringt er in ihre Märchenwelt ein und ver-

wandelt sich in einen mächtigen Raubvogel. Der
hackt aufgebracht mit seinem Schnabel auf sie ein.
Sie wehrt sich verzweifelt, aber er erbarmt sich ihrer
nicht und rupft ihr die Federn aus.

Neophyt

Das Traumreich, das ich dir zeigen darf,
ist bloß das Disneyland der Phantasie,
ist Abklatsch nur der tieferen Natur,
wo Drachen Feuer speien
und die Verdammten vor Entsetzen schreien.
Der Dämon hier ist nur ein Gummitier.
Doch bist du aufgewacht und eingeweiht,
dann gibt es kein Pardon,
dann musst du dich mit echten Drachen hauen.

Gott hat Satan aus der Schar der Engel und den
Menschen aus der Tierwelt ausgestoßen.

Wenn alles zerfällt, wird weiter gekämpft in der
Mikrobenwelt.

Sprache

Mein Hund kennt meine Welt,
doch ich kenne nicht die seine.
Da nimmt der Hund mich
eines windigen Tags an die Leine,
führt mich auf die Straße
und jault mir vor
wie die Straßenlaterne,
der Baum um die Ecke
in seiner Sprache heißen.
Wir jagen durch die Straßen
der Windsbraut hinterher;
sie lockt uns und ruft uns
und lässt sich nicht fassen.

Meinem Hund hat sich die Welt aufgetan.
Nicht ich bin mehr sein Herr.
Er betet Anubis, den Hundegott, an.

Anubis

Wolkenfreier, heller Sommertag, Mittag. Der Geomant führt den Besucher über die Wiese zu dem Schuppen hinter den Rosensträuchern. „Ich werde dir beweisen, dass es eine Geisterwelt gibt."

In der Hütte ist es dunkel, nur wenige Sonnenstrahlen dringen durch einen Spalt herein, wie in eine Camera obscura, und markieren eine Stelle auf einem Eisenstab, der mit geheimnisvollen ockerfarbenen Symbolen bedeckt ist. Der Geomant deutet mit dem Finger auf die Zeichen: „Der Stab ist magnetisch. Er fängt die Lichtwellen der Geisterwelt ein. Der spirituelle Frequenzbereich liegt außerhalb unseres Wahrnehmungsvermögens. Aber auf dem Stab lässt sich ablesen, in welche Schwingung man sich versetzen, welches Mantra man wählen muss, um sich in den kosmischen Rhythmus, in die magnetische Erdvibration einzustimmen, damit man den Kontakt mit der Geisterwelt aufnehmen kann."

Der Geomant spricht weiter, aber der Besucher hört ihm nicht mehr zu. Er ist gebannt von einer Vision. Vor ihm scheint sich die Bretterwand der Hütte zu öffnen, und er blickt mitten in ein braun schwarz geflecktes Hundegesicht. Dahinter in der Ferne naht eine riesige Hundemeute. Bevor diese über ihn herfallen kann, verschwindet die Vision.

„Lass uns gehen", bittet er den Geomanten und schildert ihm seine Schau. „War das nun eine Halluzination oder habe ich wirklich einen Blick in die jenseitige Welt getan?"

Der Geomant macht eine Denkpause und sagt dann: „Wenn wir die Bewohner der jenseitigen Welt rufen, dann kommen sie manchmal zu uns herüber und erscheinen uns. Aber es ist den Lebenden im allgemeinen verwehrt, diese Welt zu betreten oder auch nur einen Blick hinüber zu werfen. Doch dir hat sich Anubis gezeigt, der Hüter der Schwelle."

Luxus

Seine Schwiegereltern hielten ihn für einen reichen Mann. Deshalb waren sie froh um so einen Schwiegersohn; denn ihre Tochter liebte den Luxus. Und dann kam der Tag, an dem er eingestehen musste, dass all sein Reichtum geliehen war, und dass er alles, was ihr aufwendiger Lebensstil übrig gelassen hatte, an seine Gläubiger überweisen musste. Nur um sich dieses Luxusweibchen zu angeln, hatte er Schulden gemacht und nun wiesen ihn zum Dank seine Schwiegereltern vor die Tür. „Kommst du mit mir?" fragte er seine Frau. Die nahm ihre drei Luxushunde an die Leine, zwei reinrassige Pekinesen und einen hochbeinigen Afghanen und folgte ihrem Mann. Ob das wohl auf die Dauer gut geht.

Appell beim Abschied

Du willst mich verlassen, ich kann es nicht fassen, dabei liebten wir uns gestern noch wild und besessen. Woher kennst du ihn überhaupt, diesen Leutnant aus USA, diesen dürren Amerikaner mit seinem kranken Collie?

Wenn du wirklich zu ihm gehst und wenn du gar bei ihm übernachtest, könnte ich dir das nie verzeihen, selbst wenn du mich morgen darum bätest. Morgen ist es zu spät.

Was wirfst du mir eigentlich vor? Dass ich meine Schuhe selten putze oder gar etwa nie. Du hältst mich nicht länger aus, sagst du. Jedoch gestern Abend warst du noch ohne Groll und wir liebten uns innig und heiß.

Schau dir doch an wie der Ami haust, mit seinem kranken Collie, gegen den und seinen Hund bin ich ordentlich. Oder hast du was anderes gegen mich. Gestern liebten wir uns doch wie toll.

Wenn ich meinem Bruder in Düsseldorf schriebe, wir seien geschieden, der würde meinen, ich scherze oder ich sei verrückt. Gib mir deinen Koffer, steig in den Wagen und komm mit zurück, sei nicht stur. Wie du selber weißt, hast du deine Unnachgiebigkeit hinterher stets bereut.

Und vor so was ist er mal davongelaufen und aus
Angst über den Zaun gesprungen.

Hundesprüche

Das darf es doch nicht geben, knurrte mein Terrier und fletschte die Zähne, als er meine fünf Flughunde erblickte.

Der Gesichtsausdruck von Hunden und Menschen ähnelt sich verblüffend. Ich kenne einen Afghanen der dreinschaut wie ein magerer, überzüchteter Aristokrat.

Diese hochnäsige Aristokratenmiene. Er rührt sich nicht vom Fleck, wenn man sich der Gartentür nähert. Er empfindet es als unvornehm zu bellen.

Die Tochter heult in die zerwühlten Kissen, sie hätte die Schlafzimmertür zuschließen müssen, dann wäre der Windhund nicht ausgerissen.

Er glaubte, er besteige sein Pferd, dabei war er längst auf den Hund gekommen.

Mein Hund ist ein Dalmatiner, er selber hält sich für einen Apfelschimmel.

Zwinger

Ist das nicht der Zwinger von Rebell.
„Rebell, kennst du mich noch.“
Rebell robbt die Böschung herauf.
„Wie siehst du denn aus.“
Sein Fell ist struppig und moosüberwachsen.
„Du musst einsam sein, Rebell.“
Rebell legt sich mir zu Füßen und nickt.
Einmal am Tag bringt ihm eine tierliebe, ältere Frau
sein Futter und spricht mit ihm.
„Wie alt bist du Rebell. Fünfzehn?“
Er schüttelt den Kopf.
„Zwanzig? Bell mal wieder Rebell.“
Er schaut mich bekümmert an. Er versteht,
was man ihm sagt. Doch er bellt nicht mehr.
Rebell will sprechen können.

Ausgereist

Ich habe Hundejahre durchgemacht in diesem Hundeland, bis ich eines Tages eine Busreise ins Katzenland mitmachte. Heimlich schlich ich mich mit meinem Koffer an der Raststätte im Katzenland davon und sah erleichtert dem Bus nach, wie er ohne mich losbrauste. Da aber wendete der Bus plötzlich und fuhr zurück. Der Fahrer winkte aufgeregt zum Fenster heraus. Es war aufgefallen, dass mein Koffer im Gepäcknetz fehlte. Sie riefen nach mir: „Wau, wau!" Zum Glück verstehe ich ihre Sprache nicht.

Im Reisebüro

„Sind Sie der Reiseleiter?" „Wau", blafft es nicht unfreundlich über die Theke im Reisebüro. Eine Kundin im Hintergrund klärt auf: „Das ist nicht der Reiseleiter, das ist sein Hund!" Durch den Türspalt lugt ein Wuschelkopf. Zum Verwechseln, der Kopf des Reiseleiters und der seines Bernhardiners. „Können Sie uns ein Angebot für unsere Sommerferien machen?" „Ich hätte einen preisgünstigen Vorschlag. Verbringen Sie Ihren Urlaub in Balkonien. Wandern Sie durch die oberbayrischen Blumenkästen. Nehmen Sie ein Zelt und Ihren Dackel mit. Und vergessen Sie nicht Ihren Regenmantel einzupacken. Sie werden ihn nötig haben, wenn gegossen wird."

Der Hund

mir ist als sei ich
ein Hund
sieht man es mir an
oder komme ich mir nur
so vor
oder bilde ich es mir
bloß ein
ich möchte euch fragen
ob ...
und welche Rasse
ob Bernhardiner
Pekinese
oder Dackel
aber wie es sagen
wau wau wau

Aquarium

in meinem Aquarium
in meinem Aquarium
planscht ein winziges Nilpferd herum
es schüttelt sich
wenn es der Stichling sticht
den Goldfisch kümmert's nicht
mit jedem Tag wächst die Gefahr
schon raunzt das Nilpferd mich
vor den Gästen an
sudelt sich am Kaffeetisch
und sprüht Fontänen über mich
was mach ich bloß
in einem Jahr
wie werd ich dann
das Nilpferd wieder los

Archipoetapapilio

„Abrakadabra"
sagte der winzige Mann
er war der gescheiteste Mann
den es überhaupt gibt auf dem Prater
schwups war er schon wieder
an anderer Stelle
weil sie nach ihm klatschten
es reizte die Leute
nach ihm zu klatschen
weil er so klug war
er verwandelt sich heute
in große bunte Schmetterlinge
wie sie nirgendwo vorkommen
höchstens im Jurakalk
„Abrakadabra"
sagt er als Schmetterling
„ich muss vorsichtig sein
damit sie mich nicht erwischen
wenn sie nach mir klatschen"

Flammenzeichen

Wir müssen zusammenhalten, Heiliger Franziskus,
ein Bruder weiß, was der Bruder denkt. Auch ich
ersticke schier vor Leid, die Straße siedet heiß wie
Lavastrom unter den Sohlen von dem Blut der ge-
mordeten Kreatur. Ich weiß was es heißt, dass du
schweigst und zum Abschied an mehreren Stellen im
Gebüsch in Flammen aufgehst und mehrmals er-
lischst.

Ehrengast

seht nur
Otto kommt
der Globetrotter
geschmückt mit Orden
und mit rosa Schleife
all die flügellahmen
Inteligänse
machen einen freudevollen
Hopser
doch auch heuer
landet er wieder nicht
Otto
der große Gänserich

Kampfhähne

Den Hähnen schwellen die Kämme, sie wetzen die
Sporen, krähen um die Wette, rüsten zum Kampf.
Wenn ich euch so beobachte ihr Herren, dann muss
ich mich schon wundern. Ihr verkürzt euer ohnehin
kurzes Leben.
Gerade naht sich wieder der Boss mit der großen
Hand, beugt sich über den Zaun, sucht sich den
Stärksten unter euch aus, packt ihn am Kragen und
schon habt ihr kampflos einen Kampfgefährten ver-
loren.

Die Neue

Es ist unübersehbar, sie ist eine ausgesprochene Schönheit. Dieser hohe, ja hoheitsvolle Hals, diese graziöse Haltung des Kopfes und der intensive Blick, und dann dieses segelweiße Kleid. Wenn ich sie so betrachte, sehe ich im Geist schon den Braten vor mir. Ich trage die Gans unterm Arm und gehe die Dorfstraße hinab zum Metzger. Die Gans weiß nichts von meiner Absicht und auch nicht der tierliebe Herr Maier, dem ich unterwegs begegne. Er bewundert die Gans rauf und runter. Die kann daraufhin auch nicht an sich halten und schnattert drauf los, als wolle sie kundtun, wie sehr sie mich, meine Frau und die Katze leiden kann. Der Braten entschwindet darauf völlig aus meinem Geiste. Ich kehre um. Seither sind wir nicht mehr drei, sondern vier Personen in unserem Haushalt. Spazieren gehen wir allerdings immer zu dritt, ohne die Katze, die bleibt lieber daheim.

Überrascht

Gehe bloß keiner in dieses Zimmer. Ich war heute
Nacht drinnen, gegen vier Uhr früh, gleich als ich
heimkam nach einer Fete. Da hätte mich fast ein Löwe gefressen, und Ratten stürzten von allen Seiten
auf mich ein. Im letzten Moment konnte ich mich
retten und habe die Tür hinter mir zugeknallt. Ich
zeig euch wie der Löwe aussieht, hier mit ein paar
Strichen auf dem Papier. Wallende Mähne, mächtige
Pranken. Aber halt, ich lasse das besser bleiben, davor versagt meine Zeichenkunst. Solche Erlebnisse
lassen sich weder in Worten noch in Bildern wieder-
geben. Besser ihr schaut vorsichtig in das Zimmer
rein. Machen wir die Tür einen Spalt auf. Ich verstehe das nicht. Wer hat hier inzwischen aufgeräumt
und wo sind die Viecher.

Umwälzung

unter den Dingen
schlummern die Wälz
sie meiden die vordere Seite der Welt
nur wer die Dinge wälzt
ohne sich zu besinnen
kann sie flüchtig erblicken
bevor sie sich wieder tief
unter die Dinge bücken

daher weiß man:
sie sind aus Pelz
die Wälz

Y-Chromosom

Von Kind an war Max der Maler überzeugt davon, der eigentliche Mensch sei die Frau, der Mann dagegen sei lediglich eine Abwandlung. Max war deshalb oft niedergeschlagen und versuchte sich selbst durch das Studium wissenschaftlicher Literatur vom Gegenteil zu überzeugen. Aber die Realität, und besonders die Aktmalerei, widerlegte alle Theorie.
Endlich aber rang er sich doch dazu durch, den Wissenschaftlern zu glauben, und den Mann als der Frau ebenbürtig anzuerkennen. Von da an war er nicht mehr trübsinnig und fühlte sich froh und gleichberechtigt.
Doch dann tauchte die neue Erkenntnis der Molekularbiologie auf: Der Mann ist nur eine Abwandlung des genetischen Grundmusters, der eigentliche Mensch aber ist die Frau.

Durch die Möglichkeiten der Genmanipulation wird sich vielleicht eines Tages der uralte Menschheitstraum erfüllen, wie ein Vogel fliegen zu können.

Geisterseher

Durch die Hintertür
schlich er sich in deine Seele hinein
und behauptet gar du selber zu sein
und er sei gekommen aus der Ewigkeit.
Das hat dir dein Meditieren gebracht,
dass du nun zusammen mit einem Unsterblichen
leben musst.

Das Jenseits

Alle Pfade sind benannt,
die Einwohner registriert,
die Götter emigriert,
setz uns über, Charon –
in unvermessenes Land.

Das Reich, das ich dir zeigen darf in dieser Nacht,
ist nur das Disneyland der Phantasie,
ist Abklatsch nur der Welt jenseits der Wirklichkeit,
in der Dämonen Feuer speien.
Erschrick nicht vor dem Lindwurm hier,
er ist ja nur ein Gummitier.

Der Vater schlief heut Nacht
auf der Wohnzimmercouch.
Sein Bett steht längst zusammengeklappt,
verstaubt und versteckt in einem Speichereck.
Nächstes Mal ruft der Vater,
wenn er länger bleiben kann,
vorsichtshalber aus dem Jenseits an.

Statt Großmutter zu verspotten,
weil sie die Zeit nicht versteht,
fragt sie lieber,
wie es ihr drüben im Jenseits ergeht.

Comeback

Nachdem Jahre verstrichen sind, in denen wir nichts von Manfred hörten, taucht er eines Tages unangemeldet bei uns auf, und tut ganz so, als habe man sich erst gestern gesehen.

Wanda lernte Manfred während ihrer Zeit beim Film kennen. Sie hat die Schauspielerei allerdings längst an den Nagel gehängt. Ein wenig überrascht sind wir schon über Manfreds plötzliches Erscheinen. Ausgerechnet Manfred. Erstens ist er schon vor drei Jahren gestorben, wir waren sogar auf seinem Begräbnis, und zweitens hat er uns kurz vor seinem Tod die Freundschaft gekündigt.

Manfred besucht uns nicht von Ungefähr. Er bereitet Wandas Comeback vor. Er besitze, versichert er uns, immenses Material über Wandas Vergangenheit und möchte dies mit unserer Hilfe zu einem Theaterstück verarbeiten, in dem Wanda die Hauptrolle übernehmen solle.

Den ersten Akt beschreibt er uns folgendermaßen: Wanda infiziert sich als junge Schauspielerin bei einer Tournee durch Rumänien mit einer Krankheit namens Quasar, also keineswegs mit einer Geschlechtskrankheit, wie man vielleicht annehmen könnte. Sie ist deswegen gezwungen, die Schauspielerei vorübergehend wieder aufzugeben. Und es beginnt für sie eine harte Zeit. Ihre Krankheit verlangt viel Aufenthalt im Freien und so arbeitet sie vier Monate als Gärtnerin, ein anstrengender Job für eine zarte Frau.

Ich finde, diese Geschichte passt ganz und gar nicht zu Wanda, schon gar nicht zu dem, was sie freiwillig über sich preisgeben würde. Und dabei hat er sie, wie er uns anvertraut, sogar meinem Vater erzählt.

Mein Vater hat von Anfang an meine Beziehung zu Wanda missbilligt. Schauspieler sind in seinen Augen unseriöse Leute. Nun aber, so erklärt uns Manfred, würde er Wanda mit anderen Augen sehen, und sein Verhalten uns gegenüber täte ihm leid.

Was aber haben wir davon, da der Vater verstorben ist, noch bevor wir geheiratet haben.

Wir versprechen uns von Manfreds Plänen übrigens sowieso nichts. Sein ganzes Auftreten wirkt auf uns undurchsichtig. Er versucht uns zum Beispiel davon abzubringen, dass wir ihn mit „Manfred" anreden. In Wahrheit sei er nämlich Psychiater und heiße Doktor List. Manfred hingegen hat angeblich die letzten drei Monate seines Lebens als sein Patient in der psychiatrischen Anstalt zugebracht. Und das biographische Material über Wanda stammt, so gesteht er uns ein, aus Manfreds Nachlass.

Manfred war zu seinen Lebzeiten wirklich ein wenig überdreht, und so klingt diese Erklärung für uns einleuchtend. Aber wieso sehen sich Dr. List und Manfred ähnlich wie eineiige Zwillinge.

Wir vermuten deshalb eher, dass Manfred und Doktor List dieselbe Person sind und es bloß selber nicht wissen. Wir halten es durchaus für möglich, wenn nicht sogar für wahrscheinlich, dass im Jenseits die Identität nicht mehr eindeutig festgelegt ist. Das erschwert es, sich mit Jenseitigen zu verständigen; man weiß ja nie, mit wem man es genau zu tun hat.

Selbsterkenntnis:
Im Spiegel sieht der Mensch einen Affen.
Evolution:
Im Spiegel sieht der Affe einen Menschen.

Scheibenkleister

Seit John Dee Fenster putzt, weil er durchschauen möchte, muss er sich alle naselang die Nase putzen. Es zieht durch die Ritzen und schon hat John einen Schnupfen. Bisher hat er leider nichts gesehen: eben nur das Nichts, keineswegs einen Cherubim, obwohl er eigens Hennochisch gelernt hat, die Sprache der Cherubim.

Der Durchzug verschlimmert sich Tag für Tag und Zug um Zug, besonders am Westfenster; die Leute bekommen einen Schnupfen: sicheres Indiz für das Nahen des Weltendes. John kann höchstens versuchen, es hinauszuzögern. Gottseidank existiert wenigstens Gott; er ist „prima Materie" und der beste Kitt, der überall ausreichend herumliegt.

John hebt eine Handvoll davon auf und schmiert die Ritzen zu. Aber es nützt nicht viel. Denn Gott ist es leid, lediglich Materie zu sein. Er macht sich als der schöne Er-Ich an die Töchter des Landes heran und schert sich den Teufel um den unerträglichen Dualismus, der seinetwegen überall auseinander klafft, besonders an den Fenstern.

John, der Fensterputzer, hat längst die Nase voll. Ihm ist, als müsse er ersticken. Er zerschlägt die westliche Fensterscheibe und springt ins Jenseits.

Der Mann mit dem Koffer

Robert W. fühlte sich einsam. Er hatte nur sich und seinen Koffer. Manchmal stellte er sich einen Menschen vor. Keinen bestimmten. Vielleicht eine Liebe, die unerfüllt geblieben war. Ihm war jeder recht. Und wirklich bildeten sich eines Abends nahe der offenen Wohnungstür vage Konturen. Plötzlich gab es einen Ruck in seiner Wahrnehmung. Vor ihm stand einer, den er noch nie gesehen hatte, ein kleiner Magerer mit Bärtchen. Robert war so überrascht, dass er ihn begrüßte, wie jemanden, den er lange nicht gesehen hatte, und ihn sogar auf die Wange küsste. Sein neuer Bekannter ließ sich fortan öfter bei ihm sehen und brachte zwielichtige Gestalten mit, die nach dem Koffer schielten. Der Koffer war vollgepackt mit Manuskripten, sie waren alles, was Robert in seinem Leben wichtig war. Er fürchtete, sie könnten es auf seinen Koffer abgesehen haben und deponierte diesen deshalb in einem Schließfach am Bahnhof; daraufhin meldete er sich bei einer mitten im Grünen gelegenen Nervenklinik an und verbrachte dort den Rest seiner Tage.

Tobias. Er schlug die Augen nieder vor den Dingen. Erblichen sind ihm die Geliebten. Dafür sieht er mit noch ungeübten Augen Engel stehen. Leise grüßt er.

Trost. Wenn die sterben, die uns lieb sind, schütteln sie im Tode alle Kleinheit ab, recken sich auf zu unsichtbaren Riesen, die auf ihren Schultern unsere Lasten tragen.

Kosmopolit

„Von diesen Datteln sollst du nicht essen, sonst musst du sterben und wirst bloß noch Geister sehen." Ich habe von den Datteln gerade soviel gegessen, dass ich jetzt Bürger zweier Welten bin. Ich sehe die Geister, aber auch die Leiber.

Der Hellseher blickt in eine Glaskugel. „Es tut mir leid. Ich sehe einen Mann beim Roulette. Er bezahlt seinen Spielverlust mit Ihrer Kreditkarte."

Ein Seher verriet mir, überall um uns herum gibt es das Heroische, doch nur ein Seher sieht es. Doch leider gelten heutigentags Seher eher als Spinner.

Manchmal sind es Musen, die dich besuchen und dich reich beschenken mit Sehergaben und Traumweltgedanken, aber manchmal bedrängen dich welche, die Geschenke begehren. Sie stürzen sich über dich her und nehmen dir alles wieder weg.

Wenn Nebel aufsteigt vor deinen Augen und die Menschen einen großen Bogen um dich machen, ängstige dich nicht, ein Geist hat für dich Zeit.

Geistige Nahrung wird von den Gehirnen mit Luftwurzeln eingesaugt.

Geisterfahrer dürfen ihre Geisterfahrzeuge in Parkhäusern gebührenfrei parken.

Die Muse ist vielgesichtig, deshalb kann sie gleichzeitig mehrere Dichter küssen.

Es ist nie zu spät

Der alte Schorsch, baumlang, Besitzer eines Jagdscheins, hatte was Polterndes in seinem Wesen. Man konnte sich leicht mit ihm anlegen. Er schoss gleichsam mit scharfer Munition, nahm es aber auch nicht übel, wenn man zurückschoss, jedenfalls tat er so, als sei er nicht getroffen. Ich überließ ihm immer die letzte Attacke. Nur einmal, kurz vor seinem Tod, schwieg der alte Schwede, als ich meinte, mit der Jägerei sei es im Jenseits vorbei.

Ich merkte selbst, dass dies kein Spaß war, hatte aber keine Gelegenheit mehr, mich mit ihm auszusprechen und fürchtete, er könnte mir bis in alle Ewigkeit gram sein.

Mein Freund Klaus unterhält sich gern mit Verstorbenen, vor allem mit solchen, die er zu ihren Lebzeiten nicht gekannt hat. Ab und zu treffen Wanda und ich uns mit Klaus und seiner Frau in dem Lokal „Zur Schaukelnden Weltkugel". Ich erzähle Klaus bei unserer letzten Verabredung von meinem schlechten Gewissen gegenüber Schorsch. Klaus bietet sich an, die Angelegenheit zu bereinigen. Ich bitte ihn also, er solle Schorsch fragen, ob der mir immer noch gram sei. Wenn ja, möchte ich mich bei ihm entschuldigen.

Klaus weist mit dem Zeigefinger auf die Wand hinter mir. Als ich mich umdrehe, löst sich Schorsch von der Tapete und schwebt durch den Raum auf mich zu.

Der Unfall

Es war für mich ein Schock, als ich gestern von dem Unfall in der Zeitung las, bei dem mein Kollege Schindler und seine Frau umgekommen waren. Die Kollegen können es nicht fassen, sie sprechen über Schindler. Alle möchten wissen, wie der Unfall geschehen konnte.

Ich sehe Schindler an seinem Schreibtisch, als sei das alles nicht wahr. Gut sieht er aus, nicht mehr so mager wie noch vor ein paar Tagen. Fleisch hat er auf den Rippen, und seine Finger gleichen nicht mehr Spinnenbeinen. Aber er wirkt abwesend, ist nicht mehr so liebenswürdig und entgegenkommend wie ich ihn kenne.

„Ach, diese Zeitungsschmierer", sagt er schließlich, „erstens war ich an dem Tag nicht nach Griesbach unterwegs, sondern nach Garmisch, zweitens saß ich alleine im Auto, also ohne meine Frau, drittens ist überhaupt kein Unfall passiert."

Aber er täuscht sich, ich weiß es, er hat es selber bloß noch nicht begriffen. Schindler ist tot.

Zimmer

Wenn niemand im Zimmer war, hatte er Angst davor, dass jemand im Zimmer ist. Es musste unbedingt jemand im Zimmer sein, damit er keine Angst davor hatte, dass jemand im Zimmer ist.

Alte Schulden

Vroni, in Schwabing besser bekannt als „Baronin
Rauch", kommt mir am Feilitzschplatz unter die Augen. Eine schwarzhaarige Halbweltdame mit vom
Alkohol aufgeweichten Zügen. Sie hätte eigentlich
ein hübsches Mona-Lisa-Gesicht, wäre da nicht der
spöttische Ausdruck um die Mundwinkel. Wanda
und ich haben sie einmal in ihrem chaotischen
Schwabinger Domizil erlebt. Es gab kein sauberes
Weinglas und keinen Stuhl, auf dem sich nicht Zeit-
schriften und irgendwelcher Kram stapelten.

Sie steuert ein Vehikel mit Anhänger. Soeben will
sie in eine Bucht einbiegen, da bemerkt sie mich, er-
schrickt sichtlich und reißt das Lenkrad herum. Wir
haben ihr vor Jahren eine ansehnliche Summe geliehen. Von da an wich sie uns aus, und ein halbes Jahr
darauf ist sie mit ihren Kindern weggezogen und hat
sich nicht mehr bei uns gemeldet. Wir fragten uns
seither schon oft, ob sie überhaupt noch lebt.

Bevor sie vor mir ausreißt, rufe ich ihr zu: „Die Sache ist vergessen!" Ich kann mir vorstellen, weshalb
sie am Feilitzschplatz aufkreuzt. Seit wir sie kennen,
war ihr einziges Betätigungsfeld der Flohmarkt. Auf
dem Anhänger liegt ein Stapel Kleider, sicher sind
auch welche von denen darunter, die wir ihr für ihre
Kinder geschenkt haben, und die sie jetzt anscheinend verscherbeln will, obwohl die beiden Mädchen
inzwischen hineingewachsen sein dürften. Sie sieht
augenscheinlich von meiner Seite keine Gefahr mehr
für sich, und biegt in die Bucht ein. Auf meine Gut-
mütigkeit ist Verlass, sagt sie sich vermutlich. Dafür
hatte sie stets eine feine Witterung, trotz des Glimm-
stängels, der ihr stets zwischen den Lippen hängt.

Kaum ist sie aus ihrer Klitsche ausgestiegen, umringen sie Kaufwillige. Mich ignoriert sie. Ich warte ab und stelle inzwischen Spekulationen darüber an, wie es ihr wohl ergangen sein mag. Erstaunlich, dass sie einen Führerschein besitzt, den konnte sie sich wohl nur dank unserer Zuschüsse leisten. Mir liegen eine Reihe von Fragen auf der Zunge. Es gelingt mir indes lediglich nebenher von ihr zu erfahren, dass sie vor fünf Jahren von München nach Düsseldorf in eine Altbauwohnung gezogen ist, und nun endgültig in Philipsburg wohnt.

Was ist wohl aus ihren beiden Töchtern geworden. Der Vater der Mädchen trank sich zu Tode. Die jüngere, ich glaube, sie heißt Sabine, hat dieses Erlebnis nicht verkraftet. Sie bekam Schwierigkeiten in der Schule und hat sich abgekapselt. Hat die das Trauma inzwischen überwunden? Vor allem hätte ich gern gewusst: Wo liegt Philipsburg?

Vroni beantwortet meine Fragen nicht. Der Anhänger ist abgeräumt, sie lässt mich einfach stehen, steigt in ihren Wagen und fährt davon.

Ich halte mich hier am Feilitzschplatz nicht zufällig auf. Vronis Eltern gehen jeden Donnerstagnachmittag im Kellergeschoss unter dem Kaufhaus in eine Sauna. Ich hatte mir längst vorgenommen, von den Eltern etwas über Vronis Aufenthalt zu erfahren.

Tatsächlich treffe ich sie in der Sauna an. Sie tragen gestreifte Bademäntel und machen einen aufgeräumten Eindruck. Auch sie haben lange nichts von ihrer Tochter gehört, was ihnen aber anscheinend nichts ausmacht. „Vroni lebt jetzt in Philipsburg", informiere ich sie. Die Eltern wissen auch nicht, wo Philipsburg liegt. „Vielleicht liegt es in der Nähe von München", vermute ich.

Wir besorgen uns an der Rezeption eine Landkarte und studieren sie sorgfältig. Ein Ort namens Philipsburg kommt nicht vor. Plötzlich fällt mir ein, warum Philipsburg auf keiner offiziellen Landkarte verzeichnet sein kann. Vronis Eltern leben seit mindestens sechs Jahren nicht mehr. Sie waren kurz hintereinander gestorben. Wanda und ich waren bei ihrem Begräbnis. Vielleicht hat sich mir damals, ohne dass ich es bemerkte, eine Tür ins Jenseits geöffnet. Und heute bin ich durch diese Tür getreten, und bin auf diese Weise Vroni und ihren Eltern begegnet.

Also ist Vroni doch ihrem liederlichen Lebenswandel erlegen: Alkohol, Männer, Teufelskult.

Gratwanderung

Sie steigen firstaufwärts. Alte Leute mit Wanderstock, Rucksack und grünem Hut auf dem Kopf. Gelassen setzen sie einen Fuß vor den anderen und entschwinden den Blicken im Wolkengebüsch. Links und rechts von ihnen das steilabfallende Dach der Welt. Geländer gibt es nicht.
Der Schamane erleichtert ihnen den Aufstieg. Er zieht mit dem Finger eine Treppe von seinem Platz am Stamm der hohen Föhre bis zum Firmament hinauf. Schon betreten einige Wanderer die ersten Stufen. Vom obersten Treppenabsatz werfen sie einen Blick zu ihm zurück, bevor das Wolkendickicht sich für immer hinter ihnen schließt.

Lebensphilosophie

Ich habe mich aus dem Berufsleben zurückgezogen
und bin froh darüber, die Hände habe ich jedoch
nicht in den Schoß gelegt. Besonders ein Wunsch hat
mir keine Ruhe gelassen. Ich habe mir ein Treffen
mit all denen gewünscht, die mir im Lauf meines
Lebens was bedeutet haben.

Endlich ist es soweit. Ich habe euch alle erreicht
und wir sind nun hier versammelt, hier in diesem
Zwischenreich, das auf halbem Wege liegt, für die
Lebenden und die Toten.

Ich bin froh, dass auch du gekommen bist, Mathil-
de. Du kannst nicht wissen, wie viel mir die Gespräche über Philosophie mit dir bedeutet haben. Aber
du hast dich verändert. Ich vermisse den verträum-
ten Ausdruck, die leise Heiterkeit, mit der du durch
die Tage zu schweben schienst. Ich sehe eine Bitter-
keit in deinen Zügen, als ob du statt das Leben zu
leben, immer nur über es nachgedacht hast.

Expedition

wir sind durch Sümpfe gewatet
wir haben uns im Dickicht verirrt
wir wurden von Mücken zerstochen
und von Gifthauch betäubt
wir sind oft daran gestorben
haben nie kapituliert

Das Haus am See

„Wir sind da", sagt der Jenseitsforscher Professor Bader zu Benno. Sie stehen vor einer schlossartigen Villa mit vielen Fenstern. Benno hat eine Leiter geschultert. Professor Bader erläutert:

„Auf dieser Seite gibt es keinen Eingang in das Haus am See. Er liegt auf der rückwärtigen, der Seeseite. Wenn du deinen Vater zu Gesicht bekommen willst, müssen wir die Leiter anlegen, und du musst bis zum dritten Stockwerk hinaufklettern. Dann kannst du in sein Zimmer sehen; ich stehe derweil unten und halte die Leiter." Benno steigt hinauf.

„Siehst du was, Benno?"

„Ja. Mein Vater kommt gerade zur Tür herein. Er atmet schwer. Im Zimmer steht die gleiche karge Einrichtung wie früher bei uns zu Hause. Ich wüsste gerne, ob meine Mutter auch hier wohnt. Sie starb zwanzig Jahre nach dem Vater und sehnte sich all die Zeit danach im Jenseits wieder mit ihm zusammen zu sein."

„Komm wieder runter Benno. Ihr Zimmer liegt vermutlich auf der Seeseite in einem anderen Stockwerk, wahrscheinlich ist sie noch krank und kann nicht aufstehen. Dein Vater war sicher gerade bei ihr." Benno steigt herunter.

Der Professor sagt: „Gut, dass du nicht an die Scheibe geklopft hast, Benno. Dein Vater wäre zu Tode erschrocken. Die Verstorbenen erschrecken vor den Lebenden, wie wir vor einem Gespenst."

Das heilige Land

In die Unterwelt führen zwei Treppen, eine links und eine rechts. Vielleicht ist die rechte ebenso gut wie die linke. Der Höhlenforscher entscheidet sich für die rechte. An den Wänden des unterirdischen Ganges fluoreszieren im flackernden Schein der Fackeln die Farben uralter religiöser Gemälde, vor denen man verharren möchte. Wir müssen weiter, drängt der Höhlenforscher. Nach einer guten Stunde, die wir diese Galerie heiliger Bilder entlang schreiten, stehen wir vor einer niederen Türe, über der ein schlichtes hölzernes Kreuz hängt, ebenso hoch und breit wie die Türe. Wir sind gespannt, ob sich wohl hinter dieser Pforte gleichfalls Heiligtümer befinden, und vielleicht noch Eindrucksvolleres. Der Höhlenforscher geht als erster durch die Türe und wir folgen ihm zögernd, stehen unvermutet auf einer Anhöhe und blicken über ein weites Land - Äcker, Gehöfte, Seen und Wälder. Dies ist heiliges Land, es muss eine Lust, vielleicht aber auch eine Last sein, dort zu leben. In den nächsten Tagen wandern wir durch dieses Land, erleben Prozessionen, religiöse Bräuche, heilige Stätten, und lernen die Hüter all der zahllosen religiösen Gesetze kennen. Sie wachen darüber, dass keiner dagegen verstößt: Ja, sie sind selbst gegen Gläubige unnachgiebig, die wegen körperlicher Gebrechen bestimmte Vorschriften oder Rituale nicht einhalten können. Übertretungen werden auf grausamste Weise bestraft, mit Folter oder gar durch Verbrennen auf dem Scheiterhaufen.

Abreise

Trude konnte sich so sehr begeistern. Das ist vorbei. Es liegt sicherlich daran, dass sie nicht mehr lebt. Kurz vor ihrer Abreise traf ich sie am Hauptbahnhof, wir waren verabredet. Ich stand mit Trude auf dem Bahnsteig. Da sah ich meine Freundin Wanda, die mich damals verlassen hatte. Sie eilte in Richtung Taxistand.

„Schau, da vorn geht Wanda", sagte ich rasch, „ich habe dich vor ein paar Jahren einmal mit ihr zusammen besucht und du hast zu mir gesagt: Dieses Gesicht werde ich nie in meinem Leben vergessen. Es ist das Urbild der Schönheit."

Wanda bog um die Ecke, es war zu spät, ihr hinterher zu laufen; sie verschwand aus unserem Blickfeld. Und mir war, als sei dies für mich nun endgültig.

Trude schüttelte den Kopf: „Ich erinnere mich nicht an sie." Ich hörte aus ihren Worten heraus, was sie damit sagen wollte:

„Was geht mich dieses ganze Leben noch an!"

Familienstolz

Bennos Bruder ist mehr bei den Großeltern aufgewachsen als bei den Eltern.

Lange ist das her. Die Großmutter starb schon vor zwanzig Jahren. Trotzdem steht Bennos Bruder auf eine rätselhafte Weise mit ihr in Verbindung.

Einmal bittet sie den Bruder, er möge Benno ausrichten, sie würde gerne auch auf Benno stolz sein. Sie möchte sagen können, ihr ältester Enkel sei erfolgreich und nicht der Träumer geblieben, von folgreich und nicht der Träumer geblieben, von dem es einmal geheißen habe: Aus dem wird nie etwas.

Benno ist verletzt: Weiß die Großmutter denn nichts über seine steile Karriere, durch die er bis in die Vorstandsetagen der Konzerne gelangte, und die nun auch schon hinter ihm liegt. Vor drei Jahren hat er sie gegen den sogenannten wohlverdienten Ruhestand eingetauscht.

Benno fällt es ebenso schwer umzudenken wie seiner Großmutter. Innerlich hat er den Platz an seinem Schreibtisch in der Firma immer noch nicht geräumt.

Meine Großmutter

Meine Großmutter wurde 95 Jahre alt. In meiner Erinnerung lebt sie weiter. Allerdings wohnt sie nicht mehr feudal wie früher. Ihre kostbaren Möbel erbten meine Brüder. Von ihren fünf Zimmern im zweiten Stock Müller Straße 8 stehen vier leer, in denen weben Spinnen ihre Netze. Großmutter beschränkt sich auf den Raum im Norden, in den nie ein Sonnenstrahl dringt. Darin gibt es lediglich ein armseliges Bett, einen wackligen Tisch davor und drei grobgezimmerte Stühle. Es sieht aus, als stamme alles vom Flohmarkt. Ich habe zu ihr gesagt: Man kann das nicht zulassen, wie du hier haust.

Sie wehrte ab, es reiche ihr für ihre Existenz in meiner Erinnerung.

Sie waren so alt, dass es keine Rolle spielte, wie
jung sie nicht mehr waren.

Besuchszeit

Meine Großmutter ist längst in die Ewigkeit eingegangen. Und auch die letzte ihrer drei Freundinnen segnete unterdessen das Zeitliche.

Von ihren alten Möbeln kann sich Großmutter jedoch nicht trennen. Immer wenn ich meine Großmutter besuche, sitzt sie mit ihren Freundinnen zwischen den dunklen Möbeln. Die Großmutter holt dann aus dem Vertiko ihre Daguerreotypien und sie reden über vergangene Zeiten.

Oft schon hatte ich mir den Kopf darüber zerbrochen, was das eigentlich ist, die Zeit. Ist sie der Sinn des Seins, die Seele des Raums oder der Atem des Lebens. Ich war mir sicher, die drei Damen könnten mir das aus ihrer Zeitlosigkeit heraus erklären, fürchtete allerdings, sie würden mir meine Neugier übel nehmen, mich vielleicht nicht mehr bei sich dulden oder sich gar auf immer in die Ewigkeit zurückziehen.

Am 19. September 1989, es waren 10 Jahre seit dem Ableben meiner Großmutter vergangen, ich habe das Datum noch genau im Kopf, nahm ich all meinen Mut zusammen und rückte endlich mit meiner Frage heraus: „Was haben wir heute für ein Datum?"

Die Jüngste der drei, die neben mir saß, winkte mit einem nachsichtigen Lächeln ab: „Heute wird Wiedersehen gefeiert, das Datum ist uns egal."

Ich ließ mich so nicht abfertigen: „Könnte es sein, dass ihr es nicht wisst?"

Selbstverständlich wüssten sie es, trumpfte meine linke Tischnachbarin auf, aber sie verrieten es mir nicht, es sei ihr Geheimnis.

Damit reizten sie erst recht meine Neugier. „Das gegenwärtige Jahrhundert beginnt sicherlich mit einer 19", klopfte ich auf den Busch.

„Natürlich mit einer 19", bestätigte die dritte, aber ich sah den Zweifel in ihrem Gesicht. Unversehens huschte ein erleichtertes Lächeln über ihre Züge. „Nein, es fängt selbstverständlich mit einer 18 an."

Meine Großmutter schenkte uns Kaffee nach und schwieg dazu, als sei sie in jedem Jahrhundert zu Hause.

Die Frage

Rolf, ein hübscher junger Mann, schlank, gut gekleidet, geht rechts neben mir. Wir sind auf dem Weg zum Kasino. Ich unterhalte mich gern mit Rolf. Wir sprechen zuerst über einen neuen Kollegen aus England, plötzlich beginne ich mich zu wundern und ich sage zu ihm: „Ich hätte da eine Frage. Sind Sie nicht vorige Woche gestorben?"

Kaum habe ich das ausgesprochen, ist Rolf wie weggezaubert. Und ich kann ihn mit all meiner Einbildungskraft und Konzentration nicht an meine Seite zurückholen. Es gäbe noch so viele Fragen, die mir auf der Zunge lägen. Aber gerade diese eine Frage hätte ich nicht stellen sollen.

Ekkehard

sie hatte sich daran gewöhnt
dass sie stets seine Nähe spürte
wie einen Hauch
obwohl sie sich genierte
weil er ihrem Freund
über die Schulter blickte
wenn dieser sie küsste
aber dass er ihr
aus der vierten Dimension
ins Lenkrad fasste
verdross sie

Der Beweis

als der Meister
wieder einmal ohne seinen Körper
auf die Reise ging
plumpste seine Seele
in einen struppigen Kerl
kaum vergingen ein paar Tage
scharte sich um ihn ein Kreis
vor allem Damen
die Glieder streckten sich
die Züge wurden feiner
und dünner die Haut
womit erwiesen ist
dass sich der Geist den Körper baut

Lass dir Zeit, die Bilder deiner Phantasie werden in
einem nächsten Leben Wirklichkeit.

Annemarie

Dorthin
wo die Verstorbenen sind
hat es mich immer hingezogen
obzwar ich in deren Kreisen
nicht gern gesehen war
im kleinen Haus am Waldesrand
traf ich Annemarie und ihren Sohn
der mit Neunzehn
an Alkohol und Übergewicht
gestorben war
er übte im Zimmer nebenan
mit einem Mädchen Ziehharmonika
als andere Verwandte anlangten
flog ich davon
im Silberkleid durch hohen Tann
sie sahen mir nach
und staunten sich an

Im dritten Schwangerschaftsmonat ertappte der O-
berprogrammierer die Seele des Ungeborenen, als sie
bei einer unbesetzten DNS-Weiche entschlüpfen
wollte, um ihrem irdischen Schicksal zu entkommen.

Archetypisch. Die Nerven knistern. Was war geschehen. War es gestern oder in einem früheren Leben.
Eva hat mir ihren Apfel gegeben und Ödipus erin-
nert sich mit meinem Gehirn.

Schwestern

„Was haltet ihr davon, wenn ich euch am Sonntagnachmittag besuche und meine Schwestern dazu ein-
lade?"

Wir halten nichts davon. Es wird mit Sicherheit ein
langweiliger Nachmittag. Aber es fiele uns niemals
ein, meiner Mutter ihren Wunsch abzuschlagen. Abgesehen davon, dass wir uns sozusagen aus purer
Menschlichkeit „opfern" würden.

Mit meiner Mutter allein würden wir natürlich den
Nachmittag gern verbringen. Sie ist zwar weit über
90 Jahre alt, aber sie wirkt mindestens 30 Jahre jün-
ger und strahlt Vitalität und Heiterkeit aus.

Die beiden Tanten dagegen sind in schlechtem Zu-
stand. Marta ist gerade erst 85 geworden, hat vor
vielen Jahren einen Schlaganfall erlitten, der ihr
Sprachzentrum lahm legte. Sie war vorher wortge-
wandt und redefreudig und es war ein Vergnügen
ihr zuzuhören. Einige Monate nach ihrem Schlaganfall begann sie wieder zu sprechen. Aber die Worte
kommen ihr seither nur noch mühsam, stockend und
schleppend über die Zunge, und sie kennt kein anderes Thema als ihre Krankheit. Zwischendrin weint
sie, was wir ihr nachfühlen können.

Tante Annemarie, die Jüngste der drei Schwestern,
war nie eine Geistesleuchte. Immerhin verfügt sie
über Mutterwitz. Diese erfreuliche Seite ihres Wesens wird einem jedoch verleidet durch ihre Alkohol-
und Zigarettensucht und durch ihr insgesamt unge-
pflegtes Äußeres.

Wir sitzen also am Sonntagnachmittag um den
runden Tisch. In der Mitte prangt ein großer Strauß

von Tulpen und Narzissen, den wir aus dem Garten eingeholt haben.

Plötzlich fällt mir ein: Dieses Treffen ist doch etwas Besonderes. Alle drei Schwestern leben ja schon lange nicht mehr, als letzte starb vor 15 Jahren meine Mutter.

Die Tante

In der hiesigen Welt hat sie sich unmöglich gemacht. Seit sie ins Jenseits umgezogen ist, hat sie zu zechen aufgehört und raucht nicht mehr. Dafür liest sie schwierige Bücher und übt sich in der Kunst des Bogenschießens.

Manch einer traf völlig verstört, frisch erschossen oder rasend vor Eifersucht in den jenseitigen Gefilden ein und sie hat ihn mit ein paar Worten kuriert; sogar solche Leute, die früher über sie die Nase rümpften.

Weissagung

"Du kannst mich über die nächsten tausend Jahre
ausfragen."
"Wie leben die Menschen in hundert Jahren?"
"Über den Straßen brütet die Hitze. Die Menschen
sind durstig und erschöpft, sie bewegen sich kaum."
"Gibt es noch Autos?"
"Ich sehe einen LKW, auf der Ladefläche ein Dutzend blökender Schafe. Der LKW fährt von Wasserhahn zu Wasserhahn. Jedes Mal wenn der Fahrer
den Hahn aufdreht, tröpfelt es ein bisschen. Das
reicht nicht für ihn, geschweige denn für die Schafe."
"Und in tausend Jahren. Existiert dann die Menschheit noch?"
"Die Zeit ist wie ein Marmorgewölbe. Ich gehe tausend Jahre weiter durch diesen Korridor der Zeit. Ich
erahne im Dämmerlicht riesige Wandgemälde, Götter oder Ahnen. Auf der linken Seite erkenne ich eine
enge Türe. Ich öffne sie, steige eine schmale Holz-
treppe hinauf, und gelange in ein Studierzimmer."
"Weiß man um uns oder sind wir vergessen."
"Ein Gelehrter sitzt an einem einfachen hölzernen
Sakristeisekretär, er beugt sich über ein kleines blau-
es Buch. Der Verfasser gilt als Klassiker. Nur diese
wenigen Gedichte sind erhalten geblieben. Nun
schlägt er das Buch wieder zu. Auf dem Umschlag
lese ich den Namen des Autors."
"Wie heißt er."
"Du kennst ihn. Du wirst es mir nicht glauben, es ist
dein Name."

Tremendum

Damals in den Jahren „Schieß-mich-tot“, wenn die Leute sich in ihre Häuser zurückzogen, trieb es mich ins Freie. Einmal sah ich einen Mann, der mit einem Revolver hinter einem anderen herging. Mir war als hörte ich in der Ferne Gewehrsalven. Auch ich hätte besser drinnen bleiben sollen. Aber ich liebte dieses Tremendum, die Schwärze in der Luft, bevor der Sturm losbricht.

Das ist lange her, ich hatte es fast vergessen.

Aber jetzt weiß ich es wieder was das ist, das Tremendum. Heute Nacht gegen vier Uhr spürte ich seinen kalten Hauch. Ich stand auf und drehte mich rasch nach links hinten um. Da erblickte ich es für einen Augenblick, vielleicht war es auch nur sein Schatten, gründunkle Wand, blitzschnell weggezogen. Das Grauen steckt mir noch in den Gliedern.

Ich möchte dem Tremendum nie mehr begegnen. Vorsichtshalber gehe ich künftig allem aus dem Weg, was mir nicht brav und solide vorkommt. Selbst wenn ich auf diese Weise auf das Fascinosum verzichten muss.

Das Fest

Joachims Großmutter hockt in einem Verschlag vor der Wohnungstür. Sie steckt ihren Kopf durch die Stäbe - graues, strähniges Haar, mageres langes Gesicht - und fuchtelt mit den Armen. Dazu macht sie seltsame Handbewegungen als wolle sie dirigieren. Ständig kommen und gehen Gäste, keiner achtet auf die Großmutter. Wir wohnen mit Joachims Tür an Tür. Sie feiern schon seit gestern. Unter den Gästen gibt es welche, die Joachims erst durch uns kennen gelernt haben, zum Beispiel Köhlers. Uns haben sie dennoch nicht eingeladen. Wanda ärgert sich darüber. Heute morgen steckte ein Brief in unserem Briefkasten. Zuerst nahmen wir an, es könnte eine Einladung von Joachims für den Abend sein. Aber die ungewöhnliche Schrift, noch dazu diagonal über das Blatt geschrieben, war uns fremd. Die Buchstaben sahen aus wie kleine Schiffchen, Microships, als handle es sich um das Faksimile eines Schreibens aus der Antike, vielleicht von den alten Seevölkern. Zu meiner eignen Verwunderung konnte ich den Text ohne Schwierigkeit lesen. Der Schreiber beklagte das menschliche Schicksal; der Mensch kenne nicht einmal sich selbst, er wisse beispielsweise nicht, ob es ein Weiterleben nach dem Tod gebe. Er persönlich werde morgen seinem Leben ein Ende machen und uns, falls er dazu in der Lage sein sollte, sogleich aus dem Jenseits ein Zeichen senden. Wir möchten am nächsten Tag früh gegen sechs Uhr darauf achten, ob uns etwas Ungewöhnliches auffalle.

Normalerweise lockt uns nichts um diese Zeit aus den Federn. Vor allem nicht, wenn wir am Abend vorher gefeiert haben, könnte ja sein, dass uns Joa-

chims noch einladen Obwohl wir unglaublich neugierig sind und den Wecker gestellt haben, verschla-
fen wir. Bei Joachims wird schon wieder gefeiert,
oder haben die gar die Nacht über durchgemacht.
Einige Gäste picknicken im Garten. Wir sehen uns
nach Joachims um. Sie sind nicht dabei. Vielleicht
haben die das Zeichen aus dem Jenseits erhalten. Wir
gehen wieder rauf. Die Großmutter macht weiterhin
ihre Handbewegungen. Joachims Wohnungstür steht
offen, wir betreten die Wohnung. Wanda macht aus
Ärger darüber, dass man uns nicht eingeladen hat,
ein paar boshafte Bemerkungen. Wir blicken in ein
Nebenzimmer. Joachims liegen auf der Couch. Anscheinend schlafen sie. „Sprich nicht so laut, sage ich.
Hoffentlich haben sie nicht gehört, was du gesagt
hast." Der Fernseher läuft, es werden gerade Nach-
richten gesendet. Wanda schaltet ihn ab, setzt sich
ans Klavier, spielt Chopin und summt leise:
so fern der Himmel früher war
ich schwebte leicht in ihn hinein
und pflückte mir die Blume Blau
einst trieben die Sterne über mir
wie Schiffe auf dem Ozean
und die Sonne durchfuhr ihn
als ein flammendes Floß
und brachte die Toten zurück
in den Schoß
es muss mir gelingen
ich will heim nach Ofterdingen

Wiedergeburt

Unter der Erde liegen die Toten und träumen, träumen von irdischer Zeit. Gut hat alles geendet, gut wird es beginnen, und sie schlummern hinein in einen anderen Schoß, in einer anderen Zeit.

Wiedergeburt. Durch sieben Gräber musst du wandern und über sieben Kirchhofsmauern steigen.

Vor dem jenseitigen Gerichtshof ist jeder reuige Sünder eine Art Kronzeuge, man gibt ihm durch Wiedergeburt eine neue Identität.

Das neu geborene Wesen gerät astrologisch gesehen sofort - wie erstarrende Lava, in der sich die Kraftströme des Erdmagnetismus abzeichnen - in das Spannungsfeld der Gestirne und wird im selben Augenblick davon geprägt. Was aber geschieht beim Klonen?

Hut ab vor Huter. Der Astrologe Huter hat schon meine Mutter gekannt, als diese noch auf der Bühne stand, und mich schon, als ich noch nicht geboren war. Er erkannte mich an dem Leuchten in ihren Augen.

Der Snob bestimmte: Bloß keine Kantaten bei meiner Beerdigung, denn sonst sterbe ich vor Langeweile.

Buddha, der Erwachte, vollendete eine Entwicklungslinie, die mit dem Schlummerdasein vegetativen Lebens begann, als er sich mit einem Schlag an alle seine Vorexistenzen erinnerte.

Abschied

In ihrer großen Wohnung empfingen Lothar und seine Frau häufig Gäste. Vorige Woche erlag der Gastgeber einem plötzlichen Herzversagen. Der große Freundeskreis, zu dem auch ich gehörte, versammelte sich nach der Bestattung in der Wohnung des Verstorbenen. Wir wollten uns gemeinsam von Lothar verabschieden. Ich hatte als Abschiedsgeschenk einen Stapel Unterhaltungsliteratur für Lothars weite Reise mitgebracht. Lothars Frau stellte die Bücher ins Regal. Während des Abends sah ich Lothar mal bei dieser mal bei jener Gruppe stehen. Er beteiligte sich allerdings nicht an den Gesprächen. So zurückhaltend hatte ich ihn bisher nie erlebt; er wurde sonst durch seinen Witz immer sehr schnell zum Mittelpunkt. Mir gegenüber fand er, als ich ihn ansprach, gleichwohl ein paar, wenn auch belanglose Worte. Er kam mir insgesamt verändert vor. Eine stille Heiterkeit leuchtete aus seinen Zügen, als wäre er in ein Geheimnis eingeweiht worden, das keinen von uns was anging, so dass es für mich geradezu undenkbar war, ihn danach zu fragen. Vielleicht aber hatte er sich seiner Frau offenbart. Ich wartete ab, bis alle Gäste gegangen waren und versuchte sie auszuforschen. „Über den Lothar habe ich mich heute ein wenig gewundert, er wirkte nicht im mindesten bedrückt, er schien sich eher auf etwas zu freuen." Sie fing an zu weinen, und ließ sich nicht beschwichtigen, obwohl ich mich bemühte, sie zu trösten und meinen Arm um sie legte. Da wurde mir klar, dass außer mir keiner der Anwesenden den Lothar gesehen hatte.

Helle Region

Ich weiß jetzt wie das Sterben ist. Früher habe ich wie
ihr alle gedacht. Erst vorhin noch sagte ich zu meinem
Begleiter: „Wir werden jetzt gleich durch die helle Region schweben und dann werden wir erlöschen."
Ich kenne den da neben mir nicht, habe ihn nie vorher
gesehen, ein fremdes Gesicht, irgendwie wirkt er jensei-
tig oder wie von einem anderen Stern. Lieber als ihn
wüsste ich auf diesem Flug ins Nichts Wanda neben
mir.
Und dann wird es wirklich hell und heller; alle Ge-
genstände lösen sich in Licht auf, bis es nichts mehr
gibt als dieses Licht. Jedoch statt zu erlöschen, wird
meine Seele plötzlich weiblich und ich schmiege
mich an diesen Mann, der mich begleitet, und ich
wundere mich über mich selbst.

Krisensitzung

Der lebt doch längst nicht mehr, der Borchert, der
starb kurz nach dem Krieg. Wieso taucht er nun in
der Literaturszene auf und drängt die kleinen Litera-
ten an die Wand.
Die literarischen Kreise, Vereine und Verbände, bis
vor kurzem noch untereinander zerstritten, haben
sich zu einer zentralen Krisensitzung versammelt.
Sie beraten pausenlos über die Frage: Wie werden
wir bloß den Borchert wieder los. Die Sekretärin
stellt ein Pappschild draußen vor der Tür auf mit der
Aufschrift: Kein Zutritt.

In memoriam

Der da vorn - das kann doch nur Herr Hubertus sein. Auf sein Fahrrad gestützt steht er vor dem Schaufenster der Goethebuchhandlung. Groß und hager wie sonst niemand, den ich kenne, man muss zu ihm aufschauen, aber nicht nur aus diesem Grund.

„Hallo Herr Hubertus, wir haben uns lange nicht mehr gesehen!"

Herr Hubertus will sich in der Buchhandlung die Neuübersetzung eines russischen Lyrikers anschauen und möchte, dass ich mit hinein gehe.

„Eigentlich bin ich in Eile, Herr Hubertus, aber wer weiß, wann ich Sie wieder mal treffe."

„Kommen Sie doch einfach in das türkische Café am Ring, da bin ich fast jeden Nachmittag", schlägt er vor. Wo sich das Café genau befindet, kann er mir allerdings nicht sagen. In der Buchhandlung kramt er hinten im Fach für Stadtpläne herum. Ich unterhalte mich inzwischen mit der Buchhändlerin. Mit einemmal fixiert sie mich und sagt:

„Sie wissen, ich mag Sie, aber gerade eben hatten Sie wieder so einen seltsamen Blick. Schon vorhin habe ich das bei Ihnen beobachtet. Was ist mit Ihnen, geht es Ihnen nicht gut."

„Mir fehlt nichts", entgegne ich.

„Jetzt wieder", unterbricht sie mich.

„Das liegt daran", setze ich hinzu, „dass ich Herrn Hubertus ansehe, der direkt hinter Ihnen steht. Herr Hubertus, ich muss jetzt wirklich los!"

Ich versuche der Buchhändlerin die Situation zu erklären:

„Man wird einsamer, je älter man wird. Vor vier

Wochen ist Herr Hubertus gestorben. Natürlich können Sie ihn nicht sehen. Ich habe einen guten Gesprächspartner an ihm verloren, zum Glück allerdings nicht ganz. Gelegentlich trifft er sich immer noch mit mir."

Die Buchhändlerin schaut mich an, als sei ich soeben verrückt geworden.

„Jetzt fasst er sie gerade an", sage ich. Die Buchhändlerin erbleicht.

Meditation

in der Ecke
direkt neben dem Klavier
ich wage es kaum zu sagen
zeigt sich mir
wenn ich dort
unbeweglich eine Stunde
warte
manches Mal der Unsichtbare
und er wohnt hier
sagt er
schon seit Jahren

Mythos. Sybille, wachgeküsst, flüstert dem Mysten die schlafumwobene, traumerblühte Mythe ins Ohr, von der Urmutter, die das Menschengeschlecht gebiert und gebiert, die Geschlecht um Geschlecht verknüpft seit Adams Zeiten, ungeachtet wahnwitziger Männer.

Wandas Bruder

Wanda stellt ihre psychologischen Kenntnisse der Personalabteilung eines Instituts zur Verfügung. Normalerweise erzählen wir uns abends unseren Tagesablauf. Seit sie in dem Institut arbeitet, ist sie seltsam einsilbig. Das einzige, was ich erfahre, ist, dass sie sich erst mal einarbeiten müsse. Ich glaube, hinter ihrem Schweigen steckt was anderes.

Vier Wochen arbeitet sie nun schon im Institut. An einem Montagmorgen habe ich dort in der Nähe zu tun und fahre sie hin. Die Drehtür wird von den vielen ankommenden Mitarbeitern ständig in Bewegung gehalten. Über dem Eingang steht in großen Lettern: „Institut für Binnenschifffahrt".

Wanda zögert aus dem Wagen zu steigen und beginnt zu reden: „Du wirst es mir nicht glauben: Mein Bruder arbeitet auch hier. Er hat eine hohe Position. Er ist Admiral."

Sofort geht mir die Idee durch den Kopf: Dann könnte er doch leicht was für seine Schwester tun; zum Beispiel könnte er sich dafür einsetzen, dass man sie besser bezahlt. Ich halte diesen Gedanken aber für zu banal und äußere ihn nicht.

Wanda spricht weiter: „Seit 25 Jahren hatte ich von ihm nichts gehört."

Was soll ich dazu sagen. Wanda hat mir viel von ihrem Bruder erzählt. Vor allem Kindheitserlebnisse. Und dann wurde er Soldat. Begabt wie er war, schaffte er es zum Ersten Offizier auf einem Kriegsschiff. Von einem Einsatz am Kap Horn kam er nicht zurück.

Es gab bis jetzt keinen Zweifel daran, dass er nicht mehr lebt. Wo war er denn die vergangenen fünf-

undzwanzig Jahre, warum hat er nichts von sich hö-
ren lassen? Ich muss diese Fragen nicht erst stellen.
Wanda liest sie mir vom Gesicht ab.

„Mein Bruder spricht nicht über die letzten fünf-
undzwanzig Jahre mit mir. Es ist mir überhaupt noch
nicht gelungen, ein paar persönliche Worte mit ihm
zu wechseln. Unser Kontakt beschränkt sich strikt
auf berufliche Themen. Und er ist immer schon da,
wenn ich im Büro eintreffe, und nie verlässt er es
abends vor mir. Mir kommt es vor, als habe er keine
private Existenz. Jedenfalls keine im üblichen Sinne."

„Könnte es nicht sein", spekuliere ich, „dass er
damals vor Kap Horn tatsächlich umgekommen ist.
Vielleicht hat ihn eine jenseitige Instanz damit beauf-
tragt, sich um die Binnenschifffahrt zu kümmern.
Eure Beziehung war jedenfalls mit seinem Tod nicht
abgeschlossen. Ich kann es ihm nachfühlen, dass er
sich dir gegenüber zurückhält. Er erwartet bestimmt,
dass du auf ihn zugehst, wenigstens solltest du den
ersten Schritt tun."

Wanda setzt diesen Gedanken fort: „Vielleicht ist
er nicht wie wir aus Fleisch und Blut, sondern aus
einer anderen Art von Stoff. Das würde auch erklären, warum niemand etwas über sein Privatleben
weiß; denn vermutlich wirft er nach Büroschluss,
wenn alle weg sind, seine körperliche Existenz ab,
und hält sich die Nacht über in der Geisterwelt auf."

„Mir fällt dazu noch ein", sage ich, „möglicherwei-
se ist es kein Zufall, dass ihr beide in dem gleichen
Institut beschäftigt seid, wahrscheinlich hat er es auf
eine Begegnung mit dir angelegt, und sei es nur, in-
dem er deine Einstellung dort eingefädelt hat."

Als sich Wanda verabschiedet, sagt sie noch rasch:
„Komm bitte heute Abend ins Hotel Savoy. Ich will

unbedingt versuchen, ihn dorthin mitzubringen, damit du ihn endlich selber kennen lernst.

Die großen Persönlichkeiten

Ich bewundere sie ja und gratuliere ihnen zu ihren runden Geburts- und Todestagen. Erst vorgestern habe ich einem von ihnen zum 400. Geburtstag die Hand geschüttelt und meinen Spruch aufgesagt. Er beugte sich freundlich zu mir herab und sagte etwas Bedeutendes, das ich leider nicht verstehen konnte. Aber seine sonore Stimme brachte mich innerlich zum Vibrieren, ich fühlte mich gekrault wie eine Katze.

Nur eines stört mich an den großen Persönlichkeiten: dieses Aufschauenmüssen.

Feen

Die drei Feen, die an seiner Wiege standen, wurden im Laufe der Zeit zu weisen alten Frauen. Die eine weise alte Frau schaut morgens um sechs bei ihm zum Fenster herein, worauf er aus dem Schlaf auffährt. Die andere weise alte Frau passt ihn jeden Tag auf der Straße ab und erteilte ihm ihren täglichen Rat. Die dritte weise alte Frau setzt sich abends in seinen Ohrensessel und trinkt seinen Wein. Welche Schmach.

Ihre Gaben, die sie in die Wiege legte, seien für den Knaben zugleich Verpflichtung, dachte die Fee. Sie irrte sich.

Auf dem Spielplatz der Welt, wo all die altgewor-
denen Kinder mit Kanonen spielen, probt der Dichter seine kleinen Illusionen.

Nachweis

Überraschend bekommen Benno und Wanda Besuch von Enrico. Sie haben ihn zuletzt vor etwa fünfzehn Jahre gesehen und nahmen bisher an, er lebe längst nicht mehr. Zwar hat Wanda mehrfach versucht ihn telefonisch zu erreichen, doch es hieß immer bloß: „Kein Anschluss unter dieser Nummer."

„Was aber hatte es mit deiner Todesanzeige im Bogenhauser Wochenblatt auf sich", will Benno wissen.

Enrico behauptet, die Anzeige sei bloß eine Finte der Telefongesellschaft gewesen. Er habe sich damals mehrfach sowohl bei der Zeitungsredaktion als auch bei der Telefongesellschaft beschwert. Doch für ihn sei die Sache schon lange erledigt, denn er habe es aufgegeben, Kontakte aufzufrischen oder gar neue zu knüpfen.

„Aber was führt dich dann her", fragt Wanda.

Enrico macht ein finsteres Gesicht. Wanda solle ihm endlich sagen, ob sie ihm treu gewesen sei, in dem halben Jahr, als sie mit ihm verheiratet war. Zwar sei ihm dies inzwischen einerlei, aber er brauche, dort wo er jetzt hingezogen sei, ihre Aussage zur Vervollständigung seiner Unterlagen.

Kafkas Geist

Vieles, was üblicherweise die Gegenwart ausmacht, ist für Benno Nebenschauplatz, während er mit Imhotep oder Yüan Wu aus dem alten China sozusagen auf du und du steht. Mitten auf der Straße vor Bennos Füßen liegt das Buch Kafkas philosophische Sendung, ein Wälzer von über 600 Seiten, den offensichtlich jemand verloren hat. Zwischen den Seiten steckt eine Quittung über 30 Mark. Laut Impressum ist das Buch kurz nach Kafkas Tod erschienen und enthält viele Schwarzweiß-Abbildungen. Das Thema interessiert Benno. Wanda würde trotz überquellender Bücherregale sagen: „Wenn du das Buch wirklich haben willst, kaufe es dir." Benno steigt mit dem Wälzer unterm Arm in die Straßenbahn. Sie ist voll besetzt mit schwarz gekleideten jungen Männern, wahrscheinlich Studenten. Vielleicht war zu Kafkas Zeiten bei den Studenten Schwarz in Mode. Benno stellt sich Kafka stets schwarz gekleidet vor. Vielleicht ist Kafka sogar selber unter den Studenten. Neben Benno steht jemand, der ihm bekannt vorkommt. Er sieht aus wie einer von Kafkas Freunden. Sein Gesichtsausdruck wirkt versonnen, als sei er in eine seltsame Affäre verstrickt. Benno wüsste zu gern Näheres über diese Affäre und über ihren Ausgang. Vielleicht steht darüber etwas in dem Buch. Bei der nächsten Station steigt Benno aus und geht zu der Buchhandlung, die auf der Quittung angegeben ist. Er ist hier selber Kunde, und mit der Buchhändlerin gut bekannt, er übergibt ihr das Buch und bittet sie, es für den rechtmäßigen Besitzer zurückzulegen.

Telefon

Normalerweise landen die Angebote von Telefongesellschaften bei uns im Papierkorb. Auf den Service einer uns bislang unbekannten Firma haben wir jedoch sofort reagiert. Auf dem Prospekt steht dem Sinn nach folgender Text:

Die Kosten pro Gespräch sind zwar nicht unerheblich. Bisher war es jedoch nicht möglich den Personenkreis, auf den sich unser Angebot bezieht, telefonisch zu erreichen. Die Gesprächspartner, die zu diesem Personenkreis gehören, können die notwendigen Formulare nicht ausfüllen und sind auch nicht imstande, sich an den Kosten zu beteiligen. Der Grund dafür ist, dass sie sich im Jenseits befinden.

Wir hörten wochenlang nichts von dieser Telefongesellschaft, und sahen unsere Zweifel an einer Freischaltung zum Jenseits bestätigt. Ich fuhr schließlich zur Zentrale in der Lindwurmstraße.

Die Dame am Schalter behandelte mich recht ungnädig. Sie schien überfordert. Hunderte von Anträgen liefen täglich bei ihr ein, klagte sie, und schob mir einen Formularstapel über den Schalter zu. Dazwischen müsse mein Antrag liegen und ich solle ihn mir selber raussuchen. Ich blätterte den Packen flüchtig durch, erkannte ziemlich rasch meine Handschrift auf einem Formular und zog es heraus. Die Beamtin legte mir daraufhin einen Fragebogen vor, der etwa so riesig war wie der Wahlzettel bei einer Landtagswahl.

Ich kann nur hoffen, dass ich alles richtig ausgefüllt habe. Davon hängt ab, ob die Verbindung mit meinen Großeltern mütterlicherseits zustande kommt. Es ist immerhin schon dreißig Jahre her, dass sie

nicht mehr leben. Und ich bin mir nicht mehr ganz
sicher, welche Augenfarbe meine Großmutter hatte.
Die meines Großvaters war jedenfalls blau. Da habe
ich das richtige Kästchen angekreuzt. Aber das ist
nur ein Detail unter Hunderten.

Vorsprung

Mal weiß ich es
mal weiß ich es nicht
wer ich in einem früheren Leben war
nur mein Großvater fällt mir jedes Mal ein
ich liebe ihn und er liebt mich
wir haben dennoch füreinander wenig Zeit
denn ich eile ihm seit einer Ewigkeit
ein paar Jahrzehnte hinterher

Wiedergeborener Großvater: Mein Großvater ist sei-
ner Tochter Enkelkind. Früher stand er in seiner
Werkstatt an der Hobelbank, heute betreibt er im
Krankenhaus Gehirnchirurgie.

In einem nächsten Leben, das verspreche ich dir I-
solde, haben wir einen ganzen Stern für uns allein.

Mumie

Ich bin ein Mumifizierer, genau genommen noch
kein richtiger, ich bin erst in der Ausbildung. Durch
Mumifizieren kann man den Geist eines Verstorbenen daran hindern, sich vollständig vom Irdischen
zu trennen. Dadurch hat dieser die Möglichkeit, sich
weiterhin in der Welt umzuschauen und sich seine
Gedanken zu machen. Und man kann ihn anspre-
chen, und ihm Fragen stellen. Das hat natürlich nur
bei einer bedeutenden Persönlichkeit Sinn.

Wir haben gerade so eine in Arbeit, ob es sich um
einen Theologen, einen Bundespräsidenten oder einen Philosophen handelt, weiß ich nicht. Meine Kollegin und ich sollen unsere Arbeit erledigen und
zwar ordentlich, und uns um sonst nichts kümmern,
darauf legt unsere Meisterin Wert. Dabei lerne ich
diesen Beruf doch nur deswegen, weil ich mit großen
Geistern in Kontakt kommen möchte. Sie reden ja
nicht mit jedem, aber mit denen, die sie mumifizieren schon.

Meine Kollegin, die mich einweist, ist eine leicht-
fertige Person. Wir haben die Mumie eingesalbt und
bandagiert, dann ist uns aber der Bindfaden ausgegangen. Sie hätte welchen besorgen sollen, stattdes-
sen ist sie ins Kino gegangen. Die Mumie ist sehr
groß und hager, da braucht man viel Bindfaden.

Um auszuprobieren, ob die Mumie stabil ist, richten wir sie auf und lehnen sie an die Wand. Denn
eine Mumie spricht nur, wenn sie steht. Doch da fällt
ihr das Haupt nach vorn auf die Brust, wie bei einem
Gekreuzigten, was an und für sich durch den Bindfaden verhindert werden sollte.

Die Mumie beklagt sich, sie habe Kopfweh. Wenn wir sie nicht korrekt behandeln würden, sollten wir sie lieber gleich einäschern.

Dabei ist es doch eine Ehre für einen Verstorbenen, wenn man ihn mumifiziert.

Drüben

Viele Bekannte und auch mehrere Freunde haben uns inzwischen - wie man so sagt – für immer verlassen. Man kann sich nicht mehr gegenseitig besuchen. Schade.

Niemand weiß, wie man dort hinkommt, wohin sie gegangen sind, und falls es jemand wissen sollte, verrät der es einem nicht. Ich habe mich deshalb so manche Nacht selber auf die Suche begeben. Einmal stand ich unversehens vor der Tür zu dieser anderen Welt. Und sie tat sich vor mir auf. Ich ging über die Schwelle auf meine Freunde zu, die mich ein Stück davor erwarteten. Sie trugen einfarbige Gewänder in kräftigem Rot, Grün und Blau aus einem Tuch nach antiker Art, wie die Apostel auf Dürers Gemälde. Es sah malerisch aus und bedeutend, nachgerade würdevoll. Sie umarmten mich und gaben mir zu verstehen, ich dürfe nicht weiter gehen und auch nicht länger bleiben. Wenn mich jemand fragte, wie ich vor das Tor gelangt bin, könnte ich es nicht erklären. Meine Freunde meinten, wenn es soweit ist, dann weiß man es, dann geht man hinüber, ohne lange suchen zu müssen.

Wanda erinnert sich

Seltsames Erleben, zur eigenen Beerdigung zu gehen. Wir überquerten die Luitpoldbrücke. Ich sagte beklommen:

„Nach der Brücke rechts.“

Hugo schüttelte den Kopf:

„Rechts geht's zum Ostfriedhof. Wir müssen aber zum Luitpoldpark. Der liegt links.“

Insgeheim wunderte ich mich über seine Ortskenntnisse, er verlief sich doch sonst immer. Aber romantisch war es hier. Sogar poetisch. Viel Nadelholz, das intensiv duftet. Nadelholzdüfte gehören zu meinen Lieblingsgerüchen. Sie haben so was Erdig-Beruhigendes.

Ich war müde vom Gehen: „Wie weit ist es noch?“

Bevor er antworten konnte, fühlte ich mich auf einmal ungemein belustigt. Kichernd betrachtete ich eine Gruppe Stiefmütterchen. Sie sahen aus, als wären sie ganz und gar nicht damit einverstanden, hier zu stehen. Sie standen sozusagen wie auf Abruf.

Manche hatten das Gesicht mit einem Blütenblatt zugedeckt. Manche hielten ihr Antlitz wie zum Trotz nach oben gekehrt, mürrisch dreinblickend. Manche bemühten sich einen lieblichen Eindruck zu erwecken, schiefköpfig, wie wundergläubig, den Stängel geknickt. Es gab auch welche, die zu taumeln schienen, wie dorthin gestolpert, geschubst vielleicht.

Ich erinnerte mich, dass mich irgendwer irgendwann auf diese Stelle aufmerksam gemacht und behauptet hatte, hier würde ich mich totlachen.

Tatsächlich lachte ich hellauf. Irre komisch, aber zum Totlachen fand ich es doch nicht.

Wir wanderten weiter.

„Sag mal, woran bin ich eigentlich gestorben?“

„Du bist verblutet. Einfach verblutet.“

„War ich verwundet, verletzt?“

„Eine lächerliche Wunde am Arm. Sie mussten allerdings operieren. Und du bist ihnen verblutet. Die konnten gar nichts machen. Wir sind übrigens gleich da.“

Alchemie

Wer ging nicht schon durch viele Feuer,
wer wurde nicht schon verbrannt,
und wessen Asche
wurde nicht schon von Priesterhand
gestreut in den Wind.
Mögen die Elemente zueinander finden,
Kupfer zu Kupfer,
Eisen zu Eisen,
Sand zu Sand.

Alle seine Fans waren um das Grab des Poeten versammelt und klagten. Da stand dieser mit einem Mal inmitten der trauernden Schar und sprach in die Runde: Ihr braucht euch nicht aufzuregen. Das Schlimmste habe ich überstanden.

Endymions Mahnmal
Vom Sand verwehte Hüfte
Sockel für die versteinerte Lust
Dort legt einen Kranz hin.

122

Identität

Max, Poet und Philosoph in einem, kann reden was
er will, die Gespräche laufen weiter, als säße er nicht
mit am Tisch oder er sei unsichtbar. Dabei hätte Max
zu jedem Thema Tiefsinniges beizutragen und würde nicht bloß daher plappern wie die jungen Leute
hier in der Runde. Bis vorhin hatte er sich selber für
jung gehalten. Doch plötzlich fällt es ihm wie Schuppen von den Augen. Er ist nicht der, für den er sich
gerade noch gehalten. In Wirklichkeit ist er ein Mann
und eine Frau aus dem 18. Jahrhundert, und die
brauchen dringend seine Hilfe. Wenn er sich nicht
umgehend um sie kümmert, verhungern sie. Schade,
dass er die beiden jetzt erst kennen lernt. Er wendet
sich an den Kreis, ausnahmsweise hört man ihm zu:
Tut mir leid, vorläufig werde ich keine Zeit mehr für
junge Leute haben.

Blau

Mir war, als ob eine Nymphe ihre Arme nach mir
ausstrecke, ich tat einen Schritt auf sie zu, da wurde
ich von einem Strudel erfasst, eine blaue Woge trug
mich hinüber nach Avalon, zur Insel der Seligen.

Du stehst vor dem Vorstadttheater,
in dem deine Kindheit aufgeführt wurde.
Längst ist sie vom Spielplan gestrichen.
Die Kulissen sind zerschlissen.
Und schon morgen wird das Gebäude abgerissen.

Erwachsen werden

Der grauhaarige Herr, der in einem Antiquitätenladen neben den drei Frauen stand, hatte das Gefühl, als kenne er sie, sei sogar mit ihnen vertraut. Trotzdem erinnerte er sich nicht daran, wo er sie früher mal gesehen haben könnte. Er spekulierte: Sie gehörten allem Anschein nach zusammen, vielleicht waren sie Schwestern. Drei alt gewordene Grazien, die sich nie voneinander getrennt hatten und darum vermutlich unverheiratet geblieben waren. Und, falls das für sie je ein Thema gewesen sein sollte, so lag das lange zurück.

Warum besuchst du uns nicht wieder einmal, sprach ihn eine von den dreien freundlich an, wir wohnen gleich um die Ecke im Rosenthal, Hausnummer Zwei, ganz oben, im dritten Stock. Es ist lange her, damals als Junge bist du mit deinem Vater einige Male bei uns gewesen, er hielt dich an der Hand.

Seltsam, dachte der ergraute Herr, wenn das stimmt, habe ich es längst vergessen. Und es war ihm, als würde man von einem Tag auf den andern erwachsen und die Chariten würden einen über Nacht verlassen. Und man wüsste nichts mehr über sie, als sei man ihnen nie begegnet.

Existenzverlust

Karlchens Vater
hatte seine Existenz aufgegeben
und das Weite gesucht
hin und wieder
wurde er im Umkreis einer Meile gesehen
aber nicht von Karlchen und Karlchens Mutter

er trug ein weites Gewand
in dem zwei Ratten hausten
die eine auf der linken Seite
die andere auf der rechten

die beiden Ratten mochten sich nicht
trotzdem gab es keinen Streit
weil Karlchens Vater dazwischen stand

seit dem letzten Vollmond
wurde der Vater von niemand mehr gesehen
er hatte den Bannkreis überschritten

die Mutter bangte um sein belagertes Herz
und schickte Karlchen aus
mit Pfeil und Bogen

nun sind beide weg

Operation im Jenseits

fortgegangen ist der Vater in eine Welt
in die wir ihm nicht folgen können
nur die Vögel fliegen zu ihm hinüber
sie fliegen landauf
sie fliegen landab
und sie rufen: wo bist du
im Frühling kehren sie zurück
und richten uns aus
was der Vater aufgetragen hat:
er liegt seit August im Krankenhaus
tagaus tagein liest er Illustrierte
und wartet auf seine Wiedergeburt
siebenmal haben die Ärzte ihn operiert
er starb ihnen siebenmal
unter den Messern

Schamane

Euer Schamane hat euch verlassen, sein Schama-
nenwissen aber hat er keinem von euch verraten.
Ohne Schamanen seid ihr verloren. Krankheiten werden über euch herfallen und es wird niemand geben,
der sich mit eueren Ahnen über heilende Kräuter
bespricht. Wenn ihr mich fragen würdet oder gar
bedrängen: „Sei du unser Schamane." Ich würde
euch antworten: „Ich könnte euer Schamane sein. Ihr
müsst euch aber gedulden. Wenn ich diesen Frühling
und den Sommer über auf Stelzen durch die Felder
geh, dann schmeck ich da oben den Wind, als
wohnten wir dicht an der See und ich höre seltsame
Namen. Und erst wenn ich die versteh, dann bin ich
euer Schamane."

Warum bloß musste ich in meiner Jugend Göttern
begegnen und vergaß darüber dich.

Das Werk

Er ist es selbst, Apoll.
In Schaffenslaune übervoll
schuf er den Stein,
schuf sich als nackten schönen Mann.
Jetzt steht er da,
schämt sich vor den Hyperboräern,
die ihn begaffen –
Zoll für Zoll.

Der Ersehnte neigt sich nicht herab,
nicht als Goldregen,
nicht als Schwan,
selbst nicht in Stiergestalt.
Er hat die Schönen anscheinend vergessen,
auch für diese Nacht
nehmen sie notgedrungen vorlieb
mit ihrem Hausvater.
Manchmal jedoch erscheint der Ersehnte
als Filmproduzent.
Wehe dir dann, armer Hausvater.

Wenn wir komischen Vögel andere komische Vögel
imitieren müssten, würde ich mich für den Sterben-
den Schwan entscheiden

Die Heroen

ja es gibt sie noch
die Myrmidonen
es gibt sie
in anderen Dimensionen
sie kämpfen noch
wie einst vor Troja
von Mann zu Mann
sieh sie dir an
die nackte Schar
der Jünglinge
und Mädchen
sie feiern ein Fest
im Halbkreis
auf dem Felsplateau
Athene rast heran
bewehrt mit Helm und Speer
auf ihrem Wagen
nah am Abyssos
und führt sie an
zu neuen Heldentaten

Über all die Göttergeschlechter braucht man nicht
Bescheid zu wissen. Für den, der mit Apoll verwandt
ist, reicht es, wenn er den Namen der Tante Artemis
kennt und den der Großmutter Leto.

Clown. Kopfstand, Kitzel der Gefahr. Ich denke mir
meinen neuen Charakter aus. Seit heute bin ich nicht
mehr Zeitgenosse. Ich wende mich denen zu die be-
lächelt werden, den Göttern.

Mythologe

Benno beschäftigt sich sein Leben lang mit Mythologie, besonders mit der griechischen. Aber den Göttern selber ist er nur einmal begegnet und fast hätte er sie sogar übersehen. Weit droben am Fuß der Felswand standen sie. Zuerst hielt er sie für Wanderer, zwei Männer und eine Frau. Er stieg höher und näherte sich ihnen auf zwanzig Schritte.

Da erkannte er ihre Götternatur. Es waren Apoll, Hermes und Aphrodite, und er schaute zu ihnen auf als blicke er zu den Sternen. Warum aber waren sie vom Olymp herabgestiegen. Ihre ernsten Mienen verrieten, sie sorgten sich um das Schicksal der Menschheit. Obwohl er des Altgriechischen nicht sonderlich mächtig war, konnte er immerhin verstehen, sie wären zu Rat und Hilfe bereit, falls die Menschen sie darum bäten.

Seit diesem Erlebnis erzählen Benno und Wanda Geschichten, aber auch Possen und Schnurren über die Götter und ihre Taten vor einem erlesenen Publikum. Und sie hoffen, es spricht sich herum, dass es die Götter wirklich gibt und nicht nur in Mythen und Sagen.

Am Ende des Vortrags pflegt Benno zu sagen: „Sollten unterm Publikum auch Götter sitzen, versichern wir diesen, wir möchten sie mit unseren Scherzen nur erheitern, keinesfalls kränken."

Götterwelt

Ich bin mit Göttern umgegangen, dort drüben in ihrer mythischen Welt, in der jedes Ding ein Symbol ist, so dass man sich als Besucher in einer Welt voller Bedeutungen bewegt, ungefähr wie in einem Museum, das angefüllt ist mit erhabenen Kunstwerken, und über jedes Objekt gibt es einen Kanon von Interpretationen.

Die Götter und die Göttinnen sind mehr als sie selbst und können so nie ganz sie selbst sein. Darein müssen sich auch die ganz jungen schicken, und Rituale und Zeremonien einhalten, selbst wenn sie spüren sollten, dass es jenseits davon noch ein anderes, ein wirkliches Leben gibt. Das ist der Preis, den sie für ihre Unsterblichkeit zahlen.

Aber eine von ihnen, Tochter des Fischerkönigs, eine junge Frau, vollkommen an Gestalt und Gesicht, wie Göttinnen eben so sind, gab sich nicht mit ihrem Los zufrieden. Sie wandte sich an mich. Ich solle ihr zur Flucht verhelfen. Sie wolle das echte Leben kennen lernen und würde dafür gerne auf die Privilegien der Götterwelt verzichten.

Wanda und ich wohnten damals in einer Altbauwohnung. Da es mir schwer fällt „nein" zu sagen, erst recht bei einer Göttin, versprach ich ihr, sie in unserem Gästezimmer unterzubringen. Kaum hatte Wanda ihr das Zimmer gezeigt, tauchte der Vetter der Göttin auf, der ihr heimlich gefolgt war.

Einerseits sah er aus wie ein junger Gott, vollkommen an Gestalt und Gesicht, wie Götter halt so sind, und er verlangte, sie solle mit ihm nach Hause kommen. Andererseits war er sich uneins mit seiner Götternatur. Er stand sich selbst in unserem Flur ge-

132

genüber: An der einen Wand die Menschengestalt des Gottes, mit einem Menjou-Bärtchen, stöckchenschwingend, an der anderen die Gottgestalt des Menschen. Die beiden schauten sich erstaunt an. Der mit dem Bärtchen meinte locker zu seinem vis-a-vis: „Mach du was du willst. Ich bleibe hier, ich liebe mein Kusinchen."

Asylsuche

Unsere flugbereiten Seelen zieht es zu den Sternen, zu den fernen Attraktoren, dort wo Götter und Heroen immerwährend Feste feiern. Abschied nahmen sie von ihren Lieben. Und statt ihre Schwingen auszubreiten, harren manche ängstlich aus am Rand der Welt, festgekrallt am hohen Horst.

Denn die Paradiese unserer Galaxis sind seit abertausend Jahren überfüllt, ausgebucht bis auf den letzten Winkel. Einsam müssen fremde Seelen durch die Nächte, durch die leeren Räume schweifen und durch schwarze Löcher tunneln, ständig auf der Hut vor Turbulenzen, vor dem Feuerregen der Kometen, und der Engel scheucht sie von den Pforten.

Die Statistiker und Astronomen warnen schon seit langem: Wer die große Reise antritt, muss mit neun Millionen Flugzeit rechnen. Bis in einer anderen Galaxis freundlicher gesinnte Götter ihm Asyl gewähren.

Doch das steht in den Sternen.

Eury und Orph

Eury stolperte. Orph half ihr auf. Inzwischen wurden sie vom Gesindel eingeholt. Sie zerrten Eury die weißen Jeans vom Leib. In Orphs hellblauen Badeanzug zwängte sich ein fettes Weibsstück. Eury rettete nichts als ihre nackte Haut. Sie suchte verzweifelt Orphs Spur: Doch die Spur war verwischt.

Da rannte Eury in all ihrer Nacktheit in die kalte Region. In der Mitte des heiligen Raumes warf sie sich zu Füßen der steinernen Göttin. Sie klagte steinerweichend: Die Erhabene selber trage die Schuld an Orphs Verschwinden. Ein leises Beben ging durch den Stein. Die große Stehende neigte sich freundlich zu ihr herab: "Du hast es erraten, mein Kind. Ich habe Orph hierher gebracht. Aber nur zu eurem besten. Schau!"

Die Erhabene wies nach rechts. Hinter der gläsernen Wand erblickte Eury die schlanke Gestalt ihres Orph. Er ragte hervor inmitten einer Schar von Nymphen. "Ich habe die ganze Götterwelt tiefgefroren und Orph in der Abteilung für Nymphen aufbewahrt. Hier ist er sicher." Sie klatschte in die Hände. Die Glaswand glitt auseinander. In der Gruppe der Nymphen entstanden winzige Bewegungen, als ob Blumen ihre Kelche öffneten.

Die steinerne Göttin klatschte erneut in die Hände, worauf sich die Glaswand schloss und die Gestalten erstarrten. "Vorläufig muss ich sie hier deponieren, solange sie verfolgt werden und kein Mensch an sie glaubt. Aber gedulde dich. Die nächste Renaissance kommt bestimmt. Dann werde ich sie alle wieder auftauen."

Blaue Blume

Es ächzt und klagt
der dürre Ast am Baum:
Ich bin der Zauberer,
ich bin Merlin.
Entfloh den Höhlen und dem Streit,
verirrte mich im Baumgezweig,
verberge mich im Grün.
Von Rittern träume ich
und von Helden,
ich träume von bunten Märchenwelten,
die ich verlor.

Wie duftete einst der Himmel süß
und lockte mich zu sich empor.
Er ist verblüht,
er hängt herab
so tief und matt
wie welkes Blatt.

**Bücher und eine CD-ROM-Trilogie
von Conrad Cortin**

Dreimal umsteigen
Phantasien zum Zeitgeschehen
mit Zeichnungen von Franz Eder,
168 Seiten, Turmschreiber Verlag, Pfaffenhofen
ISBN 3-930156-26-1,

Impressionen aus der Innenwelt
mit Abbildungen von Fred Rauch
28 farbig und 31 schwarzweiß,
119 Seiten, Turmschreiber Verlag, Pfaffenhofen
ISBN 3-930156-52-0

Cyberspace der Phantasie I - III
CD-ROM-Trilogie mit Texten von Conrad Cortin
gelesen von Katja Kortin und Conrad Cortin
Carussell Verlag, München

Teil I: Texte mit Nebenwirkungen
Aquarelle von Britta Ahrens zu den Texten
ISBN 3-922594-80-8
Teil II: Das Riesenrad im Kopf
Collagen von Conrad Cortin zu den Texten
ISBN 3-922594-81-6
Teil III: In Fetzen und Farben
Illustriert von Fred Rauch
ISBN 3-922594-83-2

„Cortins Texte machen süchtig."
Gregor Schiegl in der SZ